Fallens dagar

– en berättelse om kärlek & mörker

Niklas Aurgrunn

Barbro Lundgren och Gunnar Karlsson in memoriam

Förlag: BoD – Books on Demand, Stockholm, Sverige
Tryck: BoD – Books on Demand, Norderstedt, Tyskland
ISBN: 978-91-7969-035-9

"The greatest terror a child can have is that he is not loved, and rejection is the hell he fears. I think everyone in the world to a large or small extent has felt rejection. And with rejection comes anger, and with anger some kind of crime in revenge for the rejection, and with the crime guilt – and there is the story of mankind."

– JOHN STEINBECK, "EAST OF EDEN"

"Who's to say how many warring thoughts can co-habit in a mind?"

– ANDRÈ GIDE, "THE IMMORALIST"

I

"Tystnaden vad jag gjort vet inte hur hon tittar rakt
upp mot stenen fast hon borde slingra bort
Vet jag kan låta bli men kommer
Himmel tallarna handen som rycker under foten
Tystnaden som någon dragit ur kontakten
Ögonen som inte ser mej men bara stenen varför ser
hon mej inte
Hunden tyst nu också bara det där röda ansiktet
ådrorna svetten gula tänder löst gult skinn under
hakan
Att hon börjar fatta nu dieseltickandet i tystnaden allt
som inte väntar längre
Säkert inte mer än en sekund just innan jag släpper
och vi faller borta och över"

Det är nu inte alldeles lätt att veta var man ska börja en sån här historia, eller för den delen vilken ton man ska anlägga. Trots att jag väntat så länge, trots att jag samlat mej och försökt smälta allt som hände den där sommaren i så många år så har jag ännu inte hittat nån riktigt självklar ingång. Vet hur det slutade bara, åtminstone för en del av oss, men resten är och förblir kanske en enda röra av motstridiga eller i största allmänhet svårbestämda känslor som inte går att få nån vidare ordning på. En enda gegga av sorg och saknad och varma minnen, av svek och förlåtelse och förvåning och en sorts stillsam panik som dröjer sej kvar genom decennierna.

Det är också såna kontraster mellan de liv vi levde att det i efterhand kan vara svårt att se att vi ens hörde till samma historia. Spridda händelser och människor som möjligen förmodligen inte alls hör ihop för nån annan än mej. Det är hursomhelst ingen annan som idag kan eller för den delen nånsin kunnat berätta historien, i den mån det alltså överhuvudtaget är en sammanhängande historia. Döm själv.

Dock gäller det nog att smyga sej in i det hela, måste till att börja med lägga fokus lite vid sidan av. Tror att det kanske är så det fungerar – man kan inte tvinga fram en berättelse mer än man kan fösa ihop två blyga barn och säga till dem att leka. Man måste låtsas ägna sej åt nåt annat, och ge dem tillfälle att själva närma sej varandra.

* * *

Kan alltså börja nästan varsomhelst i upprinnelsen till den där sommaren, varför inte i mitten av maj. Pollen och nymornade ögon och all sanden som inte sopats upp från gatorna än men som knastrade under cykeldäcken med så många oartikulerade löften om den annalkande ljuva blomstertid...

Mitten av maj, inte många prov kvar och en allt lättare andning när man hojade upp längs Slättbergsvägen mot skolan om morgnarna. Knappt att man ens brydde sej om att släpa hem läxböckerna längre, betygen var ju ändå satta. Dagarna gick av sej själva, det var nästan angenämt att glida runt mellan salarna och räkna ner. Och om eftermiddagarna och kvällarna gällde det snarast att bromsa efter bästa förmåga, alternativt att greppa tag nånstans och försöka att inte ramla av.

"Kan dunte komma hem litte tidiare ida, Frank, det e så sällan vi e tesammans alle tre nuförtin." Morsan står och diskar men viker ut huvudet runt dörrposten

så att hon ser mej där jag står på huk vid ytterdörren
och snörar skorna.

"Köpte hem läsk å salta pinnar, å lökchips. Tror det
e en film me Humphrey Bogart osså, å Baretta e de la
hursomhelst."

Men, hur kan hon inte veta bättre.

"Morsan..."

"A-ja, åkej. Det va la dumt, glöm det! Hat så rolitt
allefall, å glöm inte var du bor..."

Huvudet försvinner bakom dörrposten igen och jag
reser mej och undrar om jag borde säga och göra nåt
mer, eller om det är lindrigast för alla parter att bara
slinka ut i trappan och låta dörren klicka avsked.

Öppnar och häktar ner catalinaimitationen från
kroken längst in under hatthyllan.

"Vet inte när jag kommer, vi får se. Ni behövernte
spara nåt allefall!"

Och dörren går igen och jag är nere och ute på
trottoaren innan ens ekot lagt sej.

Martin bor på andra sidan gatan fast ett hundratal
meter längre ner, just där Slättbergsvägen gör sej
beredd att runda av i en vändplan nedanför järnvägen.
Men det är en liten trång tvåa på första våningen precis
som våran, så det är inte svårt att känna sej hemma.

De är inte klara med middagen än så John, Martins
farsa, säger till Martins lillasyster Siri att maka på sej så

jag får plats längst ut i kökssoffan, och Martins mamma reser sej för att hämta en tallrik till.

"Tack Sonja men det behövs inte, har preciss käkat." Hon stannar i steget och ser för ett ögonblick nästan lite vilsen ut innan hon finner sej:

"Men kaffe da? Jag sätter pån panna!"

Och det kan hon väl få göra. Hemma har de skaffat bryggare så det är egentligen bara hos Martin man fortfarande kan få en riktig kopp. Och fat brukar det komma med också, att sörpla ifrån.

"Hur e det me far din da?" John tittar på mej under lugg och bryr sej inte om det där tramset om att tugga färdigt och svälja innan man pratar – små partiklar av potatis sprutar ut över tallriken och jag tänker att så länge det är över tallriken de sprutar. "Harnte sett han på ett tag nu."

"Fast ni går la olika skift eller?" Själv fick John byta både skift och arbetsuppgifter efter att halva vänsterarmen blev kvar under en gaffeltrucksgaffel för några år sedan.

"Har du rätt i feståss. Skarp kille du." Han vänder sej till Sonja i det han pekar på mej med gaffeln med några ryckande rörelser som nästan får köttbullen att ramla av. "Rektitt skarper å det har han allti vatt, man får änna passa sej så mante skär sej."

"Lägg av nu da farsan." Martin ser ändå inte särskilt besvärad ut men verkar öka farten på ätandet lite i alla fall, så vi kan komma iväg.

"Bara han mår bra så", säger John och jag säger:

"Aa da" och vänder mej till Siri stället:

"Å här vare bara femmer i år igen såklart?"

"Hon bryr sej inte om att titta upp men svarar i alla fall:

"E rätt säker på att den där jäkla samhällskunskapsvikarien fått för sej att sänka mej men annars ser det väl bra ut. Slöjden räknas junte."

"Nä, slöjden räknas ju allri…"

"Nämen allvalitt, jag harnte tänkt å bli varese sömmerska eller snickare…"

"Nä, å för min del har jante tänkt å bli varese matematiker eller präst eller geograf eller tysk eller engelsman!"

John frustar till så att jag hade fått potatissprut över hela tallriken om jag haft nån:

"Va sa jag Sonja, skarp kille den där!"

Och tillochmed Siri ler fast besvärat och rakt ner i bordet, och Martin reser sej just som Sonja kommer med mitt kaffe så han sätter sej ner igen.

"Slunga i dej javan nu da så det händer nåt!"

Jag tittar upp förvånat och märker att John gör detsamma, och tillsammans stirrar vi ut Martin under några sekunder tills den växande rodnaden briserar i ett erkännande flin:

"Åkej åkej det e från Dante eller Tvärsan… Vaffan att mante kan få utveckla sitt språk litte utan å bli hånad!"

Martin, min högra hand eller om jag var hans vänstra (han var klockren southpaw). Vi kanske kan sammanfatta som att vi var varandras handgångna män, eller bästisar för att använda ett ord vi aldrig skulle ha använt. Han var den som kände mej och jag var den som kände honom; ingen annan hade annat än aningar.

Det började faktiskt redan i koltåldern eftersom våra morsor sprang på samma BVC, och på samma keramikkurs på ABF sen om tisdagskvällarna, och eftersom de respektive äkta männen brukade stå och huttra vid samma busshållplats arla om svinottorna för att åka upp till samma omklädningsrum på Ferrolegeringar sen. Det var ju långt innan min farsa bytte till nattskiftet.

Martin, han var egentligen nästan ett år äldre men vem brydde sej - vi sköt upp tillsammans, rullade runt och började krypa, och reste oss och stapplade iväg rakt in i Skogen - och när vi sen plötsligt i sjuårsåldern inkallades till varsin skola så var det bara ytterligare en av alla absurda orimligheter vi dock redan vant oss vid att parera. Martin tog sej för att ringa bägge rektorerna och gick snart nog i åtminstone parallellklass.

Möjligen hade det börjat luckras upp en aning under det senaste året – han repade med ett garageband i en lokal på Håjums industriområde på andra sidan järnvägen och la en del tid på det och på ungdomsgårdsspelningarna, och själv hade jag frilanseriet på tidningen. Men grunden var ändå så kompakt och välgjuten att vi visste bägge två att den aldrig skulle gå att helt riva upp.

Vi kan se redan på avstånd att de står och hänger på samma ställe som vanligt, Eva lutad mot kopplingsskåpet nedanför förskolan och Helena trampande på trottoaren strax intill. Och det är lite roligt att se hur både Martin och Helena börjar famla i fickorna efter cigaretter när vi närmar oss.

Inte för att jag är mycket lugnare, det är nånting med Eva som gör mej alldeles matt och sprittig på samma gång och fast det pågått i snart ett år så känns det inte som att det är i närheten av att gå över. Klarar fortfarande knappt att titta på henne och ändå finns det inget jag hellre vill, och ska jag få nånting sagt så måste det tills vidare tyvärr bli ur mungipan. Är helt enkelt tvungen att intala både henne och mej själv att jag inte bryr mej nämnvärt; alternativet vore att stanna hemma.

"Hej" och "Hej" säger Eva och Helena samtidigt när vi lyfter upp framhjulen på trottoaren och stannar med varsin fot mot kopplingsskåpet. Och Martin säger "Hallå" och jag nickar lite bistert, min vanliga fårskalle.

"Har ni vari här länge?"

"Ett tag."

"Det e junte som att vi allti står här..."

"Åffan, trodde jag nästan."

"Nä, iblann hoppar vi faktiskt upp å sätter oss en stund."

Sånt, ljud. Nånting att dämpa bort pulsen och skrikandet av allt det rusande blodet med. Nånting att misslyckas kapitalt med att gömma sej i.

Och det är verkligen märkligt men jag ignorerar henne fortfarande fullständigt fast jag tillbringat halva natten med att intala mej att inte göra det. Kan inte se på henne, kan inte ens rikta mej mot henne – det tar emot när jag försöker, det är som om faktiska muskelkramper hindrade mej.

Vad ska hon tro, vad kan hon tro. Är väl uttråkad helt enkelt.

"Har du en tagg över", säger jag till Helena istället, "Martin hadente vett å bju."

Hon skrattar och får upp det halvfulla paketet och slår ut en som hon sträcker ut och placerar i munnen på mej. Right. Tänk om det vore sådär lätt med Eva.

"Ska ni me bort te Träffen da?"

"Det e ingen idé, han säljernte längre. Om dunte har ett riktigt bra leg feståss."

"Vaddå, jag vill bara ha en Fransk Nougat…"

Och vi rör oss i alla fall. Martin sitter på pakethållaren och sparkar sej framåt med fötterna i asfalten men jag hoppar av och leder cykeln eftersom det ger mej en chans att ändå flukta lite snett bakifrån. Det korta raka mörka håret, örsnibbarna. De tunna redan brunbrända handlederna pendlande i de uppkavlade koftärmarna, och en blixtsnabb blick över de runda låren i de slitna tajta manchesterjeansen innan jag måste ägna mej åt trädtoppar och avlägsna skorstenar ett tag medan hjärtat pickar ikapp.

Eva Enokson. Jag har glömt var och när jag först såg henne, men minns desto bättre hur det kändes de påföljande gångerna. Det var ju faktiskt ännu värre då, i början – jag kunde stå vid skåpen i åttans tunna och se genom fönstren hur hon gick nerför korridoren i huvudbyggnaden. Två dubbla glas och tjugofem meters avstånd och allehande speglingar och reflexer av sol och molntottar och Eva som hastade förbi genom alltihop och var borta; jag kunde inte rimligen ha sett särskilt mycket av henne men var ändå tvungen att gå in på toaletten och låsa och sätta mej ner och kippa i tio eller åtminstone fem minuter tills det värsta gått över.

Det var likadant varenda gång och jag borde kanske ha lärt mej att titta nån annanstans men det funkar ju inte så. Eva Enokson – en drog mer beroendeframkallande och snabbt nedbrytande än heroin, det var jag övertygad om. Man tappade ju som sagt tillochmed talförmågan.

Med ens blev hela tillvaron en enda jakt på glimtar, nya och fler skymtar och nån gång emellanåt tillochmed ett ord eller nån fras lösryckt ur en hastigt förbiknallande konversation med alltid nån helt annan. Jag utverkade en kopia på hennes schema från en kompis till en i hennes klass och invigde Jens eftersom han bodde i hörnet vid ingången till skolan, där jag visste att hon måste passera förbi både om morgnarna och eftermiddagarna. Stod innanför persiennerna i Jens föräldrars sovrum och väntade, febrig och stressad och liksom klåfingrig som en pundare i väntan på att pulvret ska vägas upp, och sen kom hon och var redan förbi men jag hade åtminstone fått så att jag stod mej några timmar.

En hel termin på det viset, och nästan en till. Tills Martin alltså började intressera sej för Helena, fast lite mer måttligt och utan att passiviseras alltför mycket av nerver och tunghäfta. Vi stötte på dem ett par gånger efter att ha cirkulerat i de mest plausibla kvarteren ett antal eftermiddagar, och tog det så att säga vädersnack för vädersnack därifrån.

"Har du börja fundera nåt på vicken linje du ska välja än da?" Det är Eva, och hon riktar sej till Martin förstås. Vilket iochförsej inte behöver betyda annat än att hon är lika skraj för mej som jag är för henne, men dessvärre anar jag att hon rodnar lite också.

"Nä, fast jag har ju ett år te på mej."

"Aa."

"Men det blir la teknisk, om jag kommer in."

"Gör du la."

"Va vet du om det?"

"Nä, ingenting... Har bara fått för mej du e en sån som ordnar betygen."

"Ska du säga!" Helena puttar till Eva på axeln så hon tar ett snedsteg halvvägs in i buskagen vid sidan av trottoaren:

"Evas sammanlagda betyg är alltid jämnt delbara med fem."

"Å dina da?" Det är jag, som försöker få nåt slags ord med i laget, och som inte har förstånd att hellre fråga vidare om Eva.

"Mina? Vi kan la nöja oss med å konstatera att dom e delbara..."

Vi har kommit över till Stamkullevägen och tar höger nerför backen förbi den lilla högresta Offerhällsparken där de furor som överlevde den stora stormen det året jag började skolan fortfarande ser rätt kaxiga ut. Den äldre egnahemsbebyggelsen ebbar ut ungefär här och mexitaglet tar över, både husen och trädgårdarna blir större och det kromar allt vildare på garageuppfarterna.

Sandhem, vi är redan i utmarkerna. De här kvarteren fanns knappt när vi var mindre, vilket emellanåt får åtminstone mej att känna mej ganska gammal. Minns ju faktiskt ängar och skogar och gamla ödekåkar här där radhusen och villorna ligger nu. Och nästan precis där Eva bor brukade Mulleskolan samlas för att tåga en enda galonparad rakt in i urskogsdunklet. Det får mej att undra var hon bodde på den tiden, men jag frågar förstås inte.

"E det nån annan som ska ha nåt?" Martin rullar upp cykeln i cykelstället utanför Träffens närlivs medan jag, innan jag hinner tänka mej för, nekar och lutar mej tillrätta mot ramen på farsans gamla Monark. Och innan jag vet ordet av har Martin studsat uppför galler-trappan och försvunnit in genom dörren och jag är alldeles ensam och allena där på asfaltplanen med Eva och Helena.

En ganska konventionell bild av pinsam tystnad: förstulna blickar som bränner i sidan av tinningen, hark-lingar och liksom påstått likgiltiga huvudkrafsningar.

Jag anar hur Helena ser på Eva med ett menande leende, men anstränger mej att inte dra igång några tolkningar. Inte än, inte i det där utsatta läget.

Sen börjar Helena fnissa, och jag känner hur febern stiger. Vaffan, va det nödvändigt. Vad gäller Eva vågar jag inte titta efter men hör inget annat från hennes håll än ett snabbt och ganska svårbestämt muttrande.

Varpå Helena rycker upp sej, och vänder sej mot mej:

"Vi ska la gå hem allefall."

"Aa?"

"Har lovat å hjälpa morsan sy ett par braller."

"Braller."

"Aa, hon e rätt taskig på å sy."

"Jaha, visste jag inte." Men herregud...

"Nä." Hon tittar på mej under nån sekund innan hon måste brista ut i skratt igen:

"Fast hur skulle du kunna göra det."

Tillochmed Eva kluckar lite grand nu och plötsligt är det som om krampen släpper – känner hur hela ansiktet spricker upp i flinet, och har visserligen fortfarande inget särskilt smart eller på annat sätt intressant att tillägga men det spelar åtminstone inte riktigt samma roll längre.

"Ska ni på Skutte da?" hör jag mej plötsligt fråga, och eftersom det redan är gjort så får jag väl ta det därifrån.

"Det e klart", säger Helena.

"Aa", säger Eva, och precis när detta "aa" klingat ut möter jag hennes blick för allra första gången – håller tillochmed kvar den i uppåt en sekund, och vet att jag skulle kunna överleva utan annan näring i ett par veckor om jag fick ta den med mej. Det är en sån otroligt snäll blick!

"Ses vi la där om inte förr da."

"Avisst."

"Aa." Varpå det hela fulländas med att de rör sej nerför backen mot trottoaren, och vänder sej halvt om i farten och vinkar till. Och nästan som om jag vore helt normal möter jag med ett brett leende först Helenas blick, och sen Evas igen.

"Hälsa morsan", kraxar jag till i brist på en mer inspirerad avrundning. Och Helena svarar:

"Aa. Och hälsa Martin."

"Sa hon det, 'hälsa Martin´?" Han stirrar ut över hustaken där vi sitter uppe på berget bakom Artur Lundqvistskolan lite senare. Han ser mer drömmande än upphetsad ut, vad nu skillnaden skulle vara.

"Aa."

"Fast man tycker änna hon kunne väntat en halvminut te å sagt det själv."

"Men det ble sådär spänt vettu, tror det va därför. Hon hon kom junte på nåt bättre än att hon måste hem å sy braller te sin morsa."

Vi skrattar bägge två, och han lutar sej bakåt med bägge händerna mot berget. Sen får han för sej att börja tyka:

"Men vaddå spänt, klarar dunte två brudar i ett par minuter?"

Som om jag skulle gå på det där – jag bara ler och sänker garden, och skjuter fram hakan istället:

"Det e Eva, hon e för mycke. E tammefante säker på jag sulle kunna svara om hon fråga va jag hette…"

"E det så illa?"

"Preciss så illa e det."

Han betraktar mej deltagande ett par sekunder innan han vänder näsan mot den hastigt flyende utsikten. Och vi bara sitter ett tag medan mörkret rullar in österifrån Gärdhemshållet.

Sen reser vi oss och hasar nerför den tallbarrs-beströdda branten mot Peter Baggegatan. Det är visserligen lördag imorgon men Martin ska repa och själv har jag jobb ganska tidigt.

"Vi får försöka skaffa en Kir te skutte da, annars går det junte. Ska snacka me morsan."

Han avhåller sej ändå från den vanliga brottararmen runt nacken, vilket jag måste uppskatta. Boxar mej faktiskt inte ens på axeln.

"Tror du hon gör det da? Jag menar öl e ju en sak…"

"Tror det ordnar sej om jag förklarar läget…"

"Och där kommer det sneda flinet också, och just som jag slappnat av i överarmen och börjat vika av hemåt även den vanliga snabbt snärtade stingande vänstern.

Det känns inget vidare att ha bråttom en lördagförmiddag, eftersom man knappt hinner träffa farsan under hela veckan. Lördagsfrukostarna har varit speciella på det viset i ganska många år, sen han började gå ständig natt antar jag. Och man har vant sej, blivit smått beroende faktiskt av den där speciella stämningen där innan helgen tar fart – uppdaterandet, påtårarna, de snabba menande ögonkasten kors och tvärs över brödkorgen och rosten och GP-bilagorna. Det är nånting att ha med sej hela vägen till nästa lördag, så det är alltså inte bara dåligt samvete men lika mycket en sorg för egen del som slår till när man nån gång emellanåt tvingas till språngfika.

"Va e det dom ska ha dej te ida da?" Morsan håller koppen åt mej medan jag hukar och knyter skorna. Jag har ju försovit mej också.

"Vet faktiskt inte, måste förbi redaktionen först å kolla. Men det e väl nåt föredrag ellern knattematch eller nåt..."

"Tror du? Det har du la allri skrevi om förut."

"Har jag la. Kommer dunte ihåg när den där spionjägarn från Stockholm va här å tala på ingenjörsklubben. Å finalen i Sportlovscupen."

"Just det ja." Jag knyter färdigt och reser mej, och tar hand om det sista i koppen.

"Men du hinner hem te lunch allefall?"

"Kante lova, men det vore la märklitt annars."

Hade börjat skriva en del för den lokala avisan redan i sjuan, i samband med en studiedag jag gjorde där. Fick följa med en fotograf ut till Åsaka för att intervjua en hundraårsjubilar och så tog de in texten dagen därpå. Svårare var det inte att få in både ena och andra foten, om det nu var jag som skrev hyfsat för min ålder eller tidningen som helt enkelt inte lagt ribban så högt – det är svårt för mej att avgöra idag men det var väl antagligen en kombination.

Och det hade blivit en del under året som gått, allt från konserter och amatörteater till fullmäktigesammanträden och latinamerikanska föreningens sammankomster. Lagerinbrott och djurrättsdemonstrationer och valmöten. Ted Gärdestad på Kanaltorget, Tito Fernandez eller Motvind på Granngården och Fred Åkerström ute i Sylte Centrum. Man fick se sej omkring, halkade in i sammanhang man med stor säkerhet missat annars.

"Aa, hunnutställning på Folkets park, det e la Dreverklubben tror jag. Lasse kommer ut å slår nåra plåtar åsså men du klarar dej ju själv. Snacka me nån litte i största allmänhet sådär, det behövernte bli nån längre grej. Fast glöm inte namnen på klassvinnara, både hunn å husse. Eller matte da."

Lenell verkar lite stressad fast det annars är helt öde och avspänt i de gamla knarriga lokalerna, bara teleprintern som står och matar för sej själv inne i sin garderob.

Doften av ihjälputtrat bryggkaffe som parar sej med ångorna av trycksvärta som smiter ner längs labyrinterna från tryckeriet. Nattredaktörens tobakssmulor som ligger kvar på skrivbordet, det ser så trevligt ut att jag inte vill borsta bort dem men lägger blocket mot låret istället för att anteckna en del basal information om hundutställningen som Lenell kommit med.

Det är en del svansar som viftar omkring inne på Folkets park, men själv är jag nästan mer fascinerad av parken själv, särskilt sådär i det krankt bleka förmiddagsljuset. Har inte varit inne tidigare men har ju hört en del, och samtliga historier hör förstås natten och de ihoptullade häxbrygderna till. Det är ett ställe att först må overkligt bra och sen plötsligt lika ofattbart dåligt på – det har liksom aldrig riktigt slagit mej att det är en plats som existerar om dagen också, där man kan spatsera omkring och må i princip helt neutralt.

Gamla medfarna paviljonger där under skirt sprättande bladverk, en antydan till hösnuva och det dova mullret från nån tanker som värker förbi nere i kanalfåran. Jag går runt en stund, och snackar som hastigast med en tant som verkar engagerad i organisationen. Får syn på Lasse sen och påminner honom om att ta namnen på dem han fotar – han ler överseende men avhåller sej åtminstone från att klappa mej på huvudet.

Sen skakar jag ner över kullerstenen mot Kungsporten igen, mot redaktionen för att skriva ut det hela.

Hur lätt det är att återskapa fortfarande; hur starka nyheter av det där slaget har en förmåga att bränna in varenda detalj av det tillfälle då vi mottog dem i minnet. Kan fortfarande liksom trycka på knappen och bli fjorton på det femtonde, lika lätt som jag tänder skrivbordslampan eller slår på datorn. Den där förmiddagen – och för den delen eftermiddagen – ligger kvar där, oskadad och väntande och jag behöver knappt ens sträcka på mej för att få tag i den.

Nattredaktörens enorma skrivbord igen, och röran där av papper och tobak och ändå ganska snyggt ihoptorkade kafferingar. Tidningar och gem och halvtuggade tändstickor. Fönstret som inte riktigt når in till det där hörnet, och som för övrigt är så skitigt och belamrat att det mest liknar en slags ljustavla. Stolen som knarrar och sviktar ganska skönt när jag rullar mellan anteckningarna och skrivmaskinen – och det proffsigt snabba jämna knatter jag åstadkommer när jag väl kommer igång.

När jag är klar drar jag så pappret ur valsen och ger mej ut i labyrinterna att leta efter Lenell. Tittar in genom glasrutan till det ständigt mörklagda övergivna chefredaktörsgrytet, viker skallen som hastigast runt dörrposten till det lilla pentryt, och till teleprinter-skrubben, och toaletten. Fortsätter ut genom dörren och sviktar uppför trätrappan till sätteriet, en slags fönsterlös halvvärld där koftklädda puckelryggar hasar omkring med sina trälådor fulla av typer i de före-ställningar jag gjort mej – i själva verket brukar det vara ganska tomt när jag passerar, och är det nu också.

Öppnar dörren till det lilla rummet med de enorma läggen men eftersom ljuset är släckt så stänger jag den igen. Rör mej längre upp och in längs irrgångarna, och kan fortfarande höra hur mina steg knarrar och slår i den där gamla numera sedan ett par decennier urrivna och grundligt renoverade kåken – kan känna hur brädorna suckar och gnäller, och se hur Lenell kommer sättande genom dunklet bortifrån tryckeriet.

"Jag får ta det där sen", säger han när jag håller fram pappret. Han bryr sej inte ens om att stanna:

"Dom har hittat den där tysken nere ve slussara nu, å han verkarnte ha drunkna. Alldeles sönnerhackad me kniv sa dom på polisradion."

II

"Olika sätt att inte svara inte fatta försöker
åtminstone man tecknar med händerna så är det bara
annars dör man
Halvsluter ögonen låtsas inte se men är ju plötsligt
så jävla tvungen
Om han inte armbågat kunde varit på väg med tågfralla
och Bild-Zeitung dumfan
Ja vidöppna ögon nu för skraj plötsligt att ens be
Ser hur bladet dras ut ur honom kladdigt hur det
kommer farande igen
Bränner i handen blixtar av blankt stål genom blodet
som redan ser torrt ut
Armen som krampar till som öppnar sej kniven snurrar
ut över kanten
Kanalen gapar sväljer svarta tröga virvlar den
uppsprättade kavajryggen vänder sej i ultrarapid

- - -

Kanske får vad man ska ha helt enkelt dos för dos vad
man förtjänar
Allt äckligt prat feta hinnor allt som sur dimma som
skymmer
Rådjursögon som knappt ser fram till nostippen
svettiga handflator kladd och blekpissade kalsonger
skelett med härsknande kött går runt och osar gör
sej till kletar läppstift självupptaget flinande kranier
Ta bort köttet från skeletten bryt isär peta ner
piporna i jorden där de ändå hör hemma"

Det är ett av de öppna såren i stadens historia, att gärningspersonen aldrig återfanns. Det är kanske iochförsej inte så jättemånga som bryr sej idag, decennier senare, men en och annan pensionerad mordutredare och frustrerad privatspanare går nog att uppbåda. Liksom förstås en hoper anhöriga i Darmstadt med omnejd, några mil söder om Frankfurt, och ytterligare fler i den lilla staden Eregli vid turkiska Svartahavskusten.

Och själv bryr jag mej alltså också, om än av alldeles egna anledningar eller åtminstone på mitt eget vis. Men ska inte gå händelserna i förväg.

Till skillnad från gärningspersonen flöt alltså offret upp till ytan ganska omgående. Ganska jämnt ett dygn efter att den första officiella efterlysningen gått ut i radio drogs han upp, genomdränkt och sönderstucken men snabbt identifierad eftersom han hade både pass och körkort på sej, på en av de små pittoreskt skevande träbryggorna längs nordvästra stranden av Åkers sjö. Vilket vi nog ganska lugnt kan konstatera att han aldrig tänkt sej.

Mehdi Kücücler var vid sitt så kallade frånfälle fyrtinio år gammal, far till två vuxna söner och en tio-årig dotter. Han hade varit bosatt i Västtyskland i tolv år, detvillsäga sedan 1965, och var naturaliserad medborgare i sitt nya hemland. Hans första hustru och de två sönerna befann sej i Turkiet, och den andra hustrun och dottern i Västtyskland. Så mycket var känt redan på efterlysningsstadiet.

Man visste även att han reste ensam i Sverige, och att han anlänt till Trollhättan tre dagar före sitt försvinnande. Det hade hans syster, bosatt sedan början av sjuttitalet i en lägenhet på Hovslagaregatan på Kronogården i stadens östra utkanter, kunnat upplysa om. Det var också hon som anmält honom försvunnen.

Själv var jag förstås till en början inte medveten om något av detta, och minns inte hur intresserad jag var av detaljerna heller. Läste tidningarna förstås, om inte förr så i tryckt och utbudad form vid frukostbordet, och tittade på nyheterna sen när teve började rapportera från slussarna och från polishuset på Hjortmossen, men mycket längre än till vanlig medborgerlig nyfikenhet spetsad med den lika vanliga sensationslystnaden sträckte det sej inte. Inte till en början, och efter att den första lätta chocken lagt sej. Även om brutaliteten och mysteriet förvisso gjorde fallet ganska speciellt, så var det ju faktiskt inte första gången någon tagits av daga i stan.

Och så hände det ju så mycket annat potentiellt livsavgörande de där veckorna.

Pausar efter första tre siffrorna och lägger handen över luren innan jag låter fingerskivan ticka in de två sista.

Larmet av blodet som rusar genom mej, och som ekar där ute i telefonnätet medan signalerna går fram. Hjärtat som slår mot revbenen som försökte det desperat ta sej ut, jag förmår inte hålla andan men väser orytmiskt och trycker handen ännu lite hårdare mot mikrofonen.

Och där ramlar kronan ner och linjen öppnas, och det är som om all den goa värmen i det där huset längst ut på Vadarevägen strömmar ut ur luren så att jag börjar svettas i örat. Har ju aldrig varit inne i huset men har studerat det så många gånger utifrån att det känns som om jag både ritat och byggt och inrett det, och jag känner mej tillochmed ganska säker på var telefonen är placerad.

"Aa, Enokson."

Lelle, studierektorn, hennes farsa. Fan också, jag måste sära lite på fingrarna:

"Aa, hej. E Eva hemma?" Bara han inte frågar vem jag är.

"Ee, jo. Vänta litte da."

Det är alldeles overkligt, jag är där. Jag är faktiskt hemma hos henne, kan rentav höra transistorapparaten i bakgrunden och hennes lillebror som gällt gastande vidarebefordrar meddelandet längre in i huset:

"Öö. Syrran, telefon!"

Varpå luren läggs ner mot telefonbordet och jag är ensam där i hallen i vad som känns som en halvtimme men förmodligen inte är mycket mer än en halv minut. Stegen som närmar sej, och den växande rösten längre bort i korridoren:

"Vem va det?"

"Hur ska jag veta det?"

Och det nästan svartnar för ögonen på mej när jag hör hur luren lyfts upp, och föreställer mej hur den pressas mot hennes öra där alldeles intill de bångstyriga nackfjunen under hennes som alltid lite slarvigt uppsatta hår. Och jag måste luta mej mot sidan av telefonkiosken när hennes nyfikna läppar och den snälla glada tungan tillsammans formar orden rakt in i mitt öra:

"Aa, det e Eva..."

Får nästan kramp av att pressa handflatan mot mikrofonen, och vet egentligen inte varför jag dessutom fortfarande försöker hålla andan. Det är så fegt och barnsligt alltihop och jag är medvetet om det, och om hon nånsin skulle få veta att det var jag så vet jag att jag skulle bli tvungen att ta hyra på nån av de där skumma ryska rostbaljorna som brukar ligga förtöjda uppe vid Stallbacka. Jag skulle inte ha annat val än att på ett eller annat sätt försvinna för alltid.

"Hallå...?"

Och ändå är det värt det, och jag har hursomhelst inga alternativ – en patetisk pundare, en stackars knarkare som darrhänt och knäsvag tar sin fix i den noga utvalda avsides belägna telefonkiosken på krönet utanför det nedlagda postkontoret på Slättbergsvägen. En tönt men en förälskad och ändå ganska nöjd tönt.

"Hallå, men säg nåt da…!"

Hennes andning sen, lätt och knappt förnimbar men lika njutbar som nånsin "Hey you" eller Nazareths version av "This flight tonight".

"Det är ingen där ju." Hon riktar sej till Lelle nu, eller till lillebrorsan kanske.

Och jag ger mej, långsamt. Lyfter luren upp mot klykan och häktar i den, men ser till att inte släppa greppet om mikrofonen innan jag registrerat det spröda tickande som signalerar bruten linje.

Ryggar upp dörren och vacklar ut i det bleka soldiset, stapplar bort mot trappan och sätter mej ner tungt och lyckligt. Lutar mej bakåt. Känner hur det ljuva giftet vandrar runt i blodomloppet.

* * *

Lite senare den söndagen cyklar Martin och jag ner till kanalen för att bada nedanför Lantmännens silo, vi rundar Edsborgs idrottsplats och genar via Bäckelyckan och kvarteret Polisen just där bostadsbebyggelsen sinar till förmån för verkstäderna och industrierna i norr, och skallrar vidare över det gamla smalspåret in på den nästan igenvuxna stigen längs vattnet.

Halvvägs ner till kanotklubbens barack finns en träkonstruktion som skjuter ut i farleden som en C-formad brygga, och vi lutar cyklarna mot varann intill ett stånd högresta tistlar på stranden där och drar loss handdukarna från pakethållarna med varsin små-rostig smäll.

"Måste la änna va svinkallt fortfaranne."

"Börjante fischla nu!"

Vet inte varför jag är tvungen att spela tuff, kanske för att kompensera för mitt ömkliga uppträdande i telefonkiosken lite tidigare. Vrider hursomhelst av mej skorna och låter byxorna falla till fötterna och kliver ur dem, och drar av mej kalsongerna och tröjorna sen innan jag klättrar upp på räcket och gör vad som åtminstone känns som ett ganska stiligt svanhopp ner i plurret innan jag ens hunnit börja fundera över den egentliga vitsen med det hela.

Och sen har ju inte Martin nåt annat val än att följa efter, men det är klart att ingen av oss stannar i särskilt länge. Det är verkligen inte badsäsong än på ett antal veckor, och den konstanta genomströmningen i kanalen gör ju inte upplevelsen behagligare. Istället sitter vi ganska omgående uppklättrade och invirade i handdukarna, lutade mot träräcket, och ser hur järn-vägsbron tung och långsam svänger runt för att släppa förbi ett buckligt polskt flytetyg som kommer glidande uppifrån Kema Nord.

"Fyffan å sluta sådär, ensam å punkterad å dumpad i vattnet som en påse soper bara..."

"Tysken menar du?"

"Aa, eller va han nu va."

"Turk från början tror jag."

"Aa, det lät inte så tyskt va."

"Invandrare."

"Aa, det e rätt mycke turkar som jobbar i Västtyskland vad jag fattat."

"Änna litte som me finnara i Trollhättan."

Det taktfasta mullret från polacken växer in över oss, och ett tag skuggar hon bort oss helt och hållet. Vi avvaktar och vilar på orden.

"Fast man vet junte va han gjort heller", säger Martin när vi fått tillbaks farleden och bara svallvågorna slår mot stenkrosset under häckarna på oss, "han kanske förtjänat."

"E la allri nån som förtjänar å hackas ihjäl."

"Men du fattar va jag menar."

"Aa, jo."

Och jag begrundar den tanken lite grand, att offer inte nödvändigtvis och alltid är bara offer, och att det förmodligen är ganska få mördare som mördar helt och alldeles oprovocerat. Även om man iochförsej gärna får lov att känna gränserna och hålla sej på rätt sida även när man spårar ur. Sen tänker jag att mördare nog när allt kommer kring alltid är mer eller mindre vridna, alltså sjuka, om det sen är tillfälligt eller kroniskt.

"Tror det kan bli svårt å ta han, faktiskt. Tänk om det bara va nån galning som ville prova nya kniven på vemsomhelst, hur ska man få fatt i en sån om han håller sej tyst å unnan?"

"Eller hon", säger jag, "Varför utgår man allti från att mördare e män?"

Martin tittar tvivlande på mej.

"Eeh, för att det statistiskt sett så gott som allti e män...?"

"Man får ju ändå vänta å se, men nä – varenna jävla gång e det gärningsmän man letar efter fast dente finns varken signalement eller ens vittnen."

"Skriv en insändare." Martin ler nöjd med sin kommentar och tar stöd mot min axel för att resa sej upp.

"Va junte så dumt det här, inte efteråt allefall. Skönt å ha premiärn avklarad på ett tidigt stadium."

"Visst ere." Jag reser mej också, varpå vi dunsar runt på barfötterna ett tag och kommer i kläderna. Martin ska upp till Håjum igen och repa med bandet och det var meningen att jag skulle följa med, mest för att brygga kaffe och bläddra MM och fördriva tiden, men jag har ångrat mej.

"Gör som du vill", säger Martin, "jag måste ändå hem te Olof först å hämtan stärkare. Vart ska du da?"

"Sticker ner te slussare å kikar litte, va det nu kan ge. Känner jag måste röra på mej."

Vilket innebär att vi ska åt varsitt håll med en gång. Martin svänger runt hojen hundraåtti grader på stigen och gränslar.

"Kejda, Tintin", säger han med det vanliga flinet, "- go get her!"

Nu snackar ju iochförsej Tintin franska, tänker jag när jag skakar söderut under järnvägsbron mot Kanaltorget. Eller flamländska? Känner mej plötsligt osäker och försöker tänka på nåt annat istället, och det är förstås per automatik Eva som omedelbart lösgör sej ur röran av tankar och lösryckta kommentarer och oskarpa snapshots där inne i de blekgrå vindlingarna. Och jag orkar inte med henne just nu så jag ökar trycket mot pedalerna som om det kunde gå att cykla ifrån henne, och ger mej till att vissla för att åtminstone lägga en del av koncentrationen nån annanstans.

"Love hurts". Dåligt val och jag byter nästan omgående.

"Roll on down the highway". Visst.

Knastrar ner förbi Villa Elfhög och Älvhögsborg och vidare ut över det stenlagda Kanaltorget, sömnigt och öde som alltid. Fortsätter den likaledes folktomma Strandgatan bort förbi den faluröda Odd Fellowskåken uppe på sin bergsknalle och gamla Hamnkontoret mot Klaffbron, ser hur det rör sej av enstaka barnvagns-skyfflare ute på ön på andra sidan och hur några roddare kånkar upp sina flytetyg mot klubbhuset bakom fiket. Känner hur solen jobbar genom fartvinden.

Klarar mej med knapp nöd undan en broöppning och rullar vidare ner mot kyrkan just där urberget spricker upp på allvar och den hisnande utsikten över den gamla fallfåran suger ögonen åt sej – det är torrlagt där nere nu förstås men det är aldrig svårt att föreställa sej hur det såg ut en gång innan älven tyglades och dämdes upp. Även med svag fantasi bör man kunna känna hur skummet sprayar över ansiktet av de vilda forsarna som tumlar ner över varann mot lugnare vatten.

Sen är jag redan inne bland Vattenfalls anläggningar, det liksom sprakar och spänner i luften av elektricitet när jag tar mej under ledningarna och vidare in i granskogen igen förbi Västergärdet. Och just vid backen ner mot slussområdet ser jag avspärrningarna ett stycke ner längs stigen runt Åkers sjö.

Den yttre avspärrningen verkar dock mest hänga kvar för att man missat att ta bort den, det är i alla fall det intryck jag får – de blåvita plastbanden sackar betänkligt och en del folk rör sej därinnanför som inte verkar ha mycket annat för sej än nyfiket spekulerande. Så jag bugar väl också in mej då och går ner mot bryggan, stålsätter mej mot den obehagliga känslan av att uppgå i den vid brotts- och olycksplatser ständigt närvarande sensationslystet stirrande hopen när jag axlar mej in mellan två stadigt parkerade tanter.

Och det är faktiskt inte mycket att se heller – ingenting faktiskt, och jag vet inte ens vad jag väntat mej. Blod kanske, men det hade ju varit märkligt med tanke på hur länge kroppen låg i vattnet innan den fiskades upp. Och om polisen eller nån annan säkrat några andra föremål av tänkbart värde för utredningen så är de givetvis i säkert förvar nån helt annanstans vid det här laget. Även fotograferna och journalisterna har förstås rört sej vidare.

Den stilla sjön, och slussportarna som långsamt sluter sej längst ner i söder. Den jättelika kranen där borta på andra sidan, och aningen av Nohab-verkstäderna strax intill. Det är fortfarande lite för tidigt för de flesta båtturister så trafiken är ganska måttlig, det är bara de vanliga fraktfartygen som rör sej upp och ner längs kanalen och just nu syns ingen till överhuvudtaget. Solen bakifrån rakt ner i nacken där jag står och jag släpper bryggan och går upp mot stigen och cykeln igen. Där sitter Reine Norbeck nu, med en märklig till synes helt hemplockad moppe mellan benen. Vi känner väl inte direkt varann längre, men tillräckligt för att inte komma ifrån det lilla vädertugget.

"Verkar som fallen fått konkurrens om turistera." Det är han som börjar, och han ser visserligen inte på mej men eftersom ingen annan befinner sej tillräckligt nära för att vara tänkt mottagare av kommentaren så får jag väl svara:

"Aa, fast jag tror nog både fallen å Kopparklinten ska klaran här utmaningen."

"Mmm..."

"Å för övritt e de la tveksamt om det vågar sej hit fler turister..."

Han säger ingenting på ett par ganska långa sekunder innan det kommer:

"Nä det e klart – här e ju änna livsfarligt å gå med kamera på magen."

Jag sparkar upp fotstödet:

"Du skante hemåt så man kan hänkan bit?"

Reine Norbeck, javisst, såklart att han skulle stå där och kisa över buffalostyret – han bodde ju nästan rakt över vattnet.

"Kom iåförsej preciss men det va la som sagt inte mycke å se här." Han kickar igång och svänger runt hundraåtti grader i ett enda grussprut, och är uppe på asfalten sen. Och jag trampar ikapp och häktar liksom fast högerkardan på hans vänstra axel och så rullar vi ner förbi Kanalmuséet och slusskiosken, och vidare över norra slussporten till Skoftebysidan.

* * *

Jag tar vägen förbi redaktionen sen, men Lenell ser mer stressad ut än vanligt så jag envisas inte. Sätter mej hos Bitten men hon är mitt uppe i ett kåseri och låter sej inte heller störas. Och det är ett par killar från Expressens

Göteborgsredaktion där också och de är rätt bullriga så jag håller mej undan, och tar trapporna ner ganska snart. Rullar hemåt via de sömniga hyreshuskvarteren runt Tingvalla och Götalunden.

Morsan står och stryker i köket och farsan sitter bakom en hög med lakan och skjortor och läser tidningen vid köksbordet fortfarande, som om han inte kommit längre sen i morse.

"Har du hört nåt mer da?" frågar morsan utan att ta blicken från brädan.

"Vaddå om?"

"Morde såklart, det verkar ju änna helt obegriplitt. En turk som knappt kännern själ i stan, på tillfällitt besök hos sin syster bara…"

"Tysk", muttrar farsan.

"Verkar junte hannla om rån heller, han hade ju plånboken kvar även om dente va mycke ian."

"Hat", säger farsan, "det va ju ett besinningslöst hackande."

"Aa hu ja." Morsan rister och ruskar på sej och byter ämne:

"Vi har redan äti men sätt på ugnen igen om du e hungri, maten står i kylen."

"Tror jag tarn macka bara faktiskt." Jag böjer mej ner och halar ut brödburken ur skåpet under bänken.

"Å nä, jag harnte hört nåt."

Och det var verkligen inte mycket som nånsin kom fram om det så kallade Kanalmordet, detvillsäga det pratades mest överallt hela tiden men det var ju mest ogrundade rykten och teorier om gärningsmannens mentala konstitution eller omtuggningar av redan kända fakta angående offrets bakgrund. Inledningsvis strömmade således en hel del så kallad kunskap in till den provisoriska informationscentral som upprättats i garderoben på Folkets hus på Kungsgatan, men det var väl knappt nåt som ens var värt att kontrollera – det var bara allmänhetens goda vilja som i samarbete med densammas friska fantasi höll den lyssnande och antecknande personalen igång.

De stora tidningarna hängde ändå kvar i stan ganska länge, pendlande mellan de snart ökänt substanslösa och dessutom ganska taffligt genomförda presskonferenserna på polishuset och barerna på Stadshotellet nere vid Klaffbron eller Hotell Bele på Kungsgatan där de var inkvarterade. Televisionens representanter gjorde dock slut på inslagsuppslagen redan under de första dygnen och åkte tillbaks till Göteborg eller Stockholm sen för att syssla med annat i väntan på eventuella framsteg i utredningen. Möjligen var de också hårdare hållna i frågan om traktamenten.

Inga spår, inga vittnen till vare sej det ena eller det andra, inga strandfynd, inga teorier mer plausibla än alla andra. Efter en vecka visste man fortfarande varken var mordet begåtts eller varifrån kroppen dumpats i vattnet, och något vapen hade givetvis inte heller påträffats. Stränderna var ändå grundligt undersökta, liksom långa sträckor längs kanalen. Dykare hade rört omkring i slammet i flera dagar. Personal och passagerare på alla båtar som passerat under det aktuella dygnet hade också hörts utan framgång, och det strandpromenerande äldre par som först siktat den på mage flytande kroppen hade inte heller haft mer än så att bidra med. Man kunde inte ens förklara vad Mehmet Kücücler haft för ärende till kanalen, om han nu inte bara promenerade och såg sej omkring i största allmänhet. Systern hade liksom svågern arbetat dagtid, varför Kücücler så att säga rört sej fritt och självständigt i staden. Det var ju också möjligt att han transporterats livlös till Åkers sjö, även om inga fynd i kläderna styrkte den teorin – ingenting talade ju heller emot den.

Det man visste var i stort sett vem offret var och varför han vistats i staden, men i den informationen fanns ingenting som spred ljus över hans hädangång. Man hade också kunnat konstatera ganska exakt när och av vad han avlidit, men det hjälpte inte heller mycket i jakten på förövaren. Spaningsläget var som man brukar säga hopplöst.

Återstod teorierna, detvillsäga det gissningsarbete som huvudsakligen försiggick utanför polishuset

– runtom i staden, och i någon mån även i landet i övrigt. Populärast var tvekllöst "det rasistiska motivet", vilket onekligen skulle förklarat hur mannen kunnat tas av daga i en stad där han i princip saknade alla kontakter. En del företrädare för rasistteorin verkade också mena att själva våldsamheten i dådet pekade mot den sorts galenskap som ofta går hand i hand med överdriven etnocentricitet, samtidigt som det faktum att Trollhättan efter Södertälje var Sveriges procentuellt sett invandrartätaste stad pekade i rakt motsatt riktning. Vare sej svart hår eller mörkt skinn väckte ju något uppseende på Trollhättans gator och även om segregationen var i princip densamma som på andra ställen så förelåg ännu så länge inga motsättningar att tala om. De riktigt stora flyktingvågorna hade inte sköljt in än och arbetskraftsinvandringen provocerade ju inte dårarna på samma sett – inte så länge det faktiskt fanns platser åt alla.

Andra glada långskott kunde handla om familjefejd trots allt, eller satanism eller om nån slags politisk uppgörelse med tillhörande polisiär mörkläggning, men till syvende og sidst (så har jag använt den frasen i mitt liv också) så var det ingen som hade mer än kreativitet och fantasi eller den klassiska vaga känslan att stötta sitt förslag med. Alltmedan nyfikenheten sakta men säkert klingade av och den misslyckade förundersökningen övergick från att vara föremål för frustration till att helt enkelt vara föremål för hån och gyckel i omklädningsrummen på Stallbacka och på pizzeriorna och kinakrogarna runtom i stan. Tills ingen brydde sej särskilt mycket om vare sej brott eller utredning.

Det vill säga ingen mer än två vuxna söner och en del andra vänner och anhöriga i Turkiet, en hustru och en tioårig dotter och diverse bekanta och arbetskamrater i Västtyskland – och en syster så medtagen av det inträffade att hon tills vidare var inlagd för observation på psykiatrisk klinik i Vänersborg.

"Skare ske ikväll da, änna litte svårt å fatta!" Martin tar en klunk till innan han nödtorftigt snurrar på kapsylen ett par varv och lämnar tillbaks flaskan.

"Det e rätt, bygg upp en positiv bild, blås liv i självförtronet..." Jag skruvar av korken igen och tar en så rejäl klunk som jag känner mej säker på att inte behöva hulka upp igen. Gott är det ju inte det där vinet men jag säger inget om det – sväljer som en man bara.

"Aa jag vet..." Han rynkar pannan lite grand i ett erkännande, och sänker rösten. "Man skante ropa hejsan å det, men jag tycker ändå det känns som vi e på plats liksom, alltså på samma plats – det e nåt i hennes ögon som det bara e en tidsfråga."

"Önskar jag kunne säga detsamma."

Vi har hoppat upp och satt oss på en lågt hängande björkarm i dungen bakom Snäppvägen uppe på Sandhem, en strategiskt vald plats på flera sätt. Risken att nån vi känner ska komma förbi är nästan obefintlig, och dessutom ser vi ganska långt åt alla håll. Och när det drar ihop sej lite senare så är det bara tjugo meter ut till cykelvägen som i sin tur går raka vägen bort till gympasalen och högstadiets avslutningsskutt.

"Eva e blygare än Helena bara, det e hela probleme – preciss som du e skrajare än jag." Han ler men med ögonkontakt för att inte riskera nåt missförstånd, och sträcker sej efter flaskan igen. Och jag nöjer mej med att skaka långsamt och instämmande på skallen för det är ju faktiskt ganska ovedersägligt, och räcker honom drickat.

"Fast hur ska det då gå te, om ingen av oss klarar å börja?"

"Just va jag sa te morsan, kärleken slår rot där den vill men iblann e faktiskt en halva smääckligt körsbärs-vin preciss va som krävs för att den osså ska blomma!" Varpå jag har flaskan tillbaks igen.

"Ä var har du läst det nu da..."

"Kanske borde börja skriva texter te våra låtar eller?"

"Vete fan, Martin..."

Små tanter med ännu mindre hundar nosande längs cykelvägen på andra sidan den skira grönskan, och nån av de där Zündapparna som skriker förbi ibland så att de får hålla åt sej djuren och kliva ut i gräset för säker-hets skull. De nya radhusen på ängen som är färdiga nu, och de sorgliga knähöga häckarna och gräsmattorna som inte heller tagit sej än och nyinflyttingarna som gräver och påtar med diskhandskar och ogräshackor eller klättrar omkring på lättmetallstegar i skymningen och justerar teveantennerna. Det avlägsna pressandet av högtryckstvätt på nån garageinfart.

"Inte utan att det börjar pirra litte här me, om vi nu ska va ärlia. Å det e la det som e vitsen me drickat, eller en av dom allefall."

"Skönt å höra."

Tänker plötsligt att risken nog är mindre att man ska tappa ansiktet om man redan från början är koncentrerad på att hålla ordentligt i det, vad det nu ska betyda. Håller upp flaskan mot den vikande solen över villataken i väster och konstaterar att vi redan gjort av med hälften, och känner hur det börjar röra sej inuti. Som flagor som faller loss från barken och singlar omkring som de vill sen.

Tappar faktiskt nästan balansen och måste rädda mej med ett hastigt grepp om midjan på Martin, som i sin tur hugger tag i trädstammen. Och sen får jag hicka, och hoppar ner på marken och lutar mej framåt för att hålla andan och svälja.

"Det där funkar allri", hör jag Martin men liksom utanför ett lock för öronen, avlägset och otydligt. "Du får vänta tess det avtatt litte, sen kan man börja svälja – om mante har ljummet vatten men det har vi junte."

Jag envisas ändå nån minut till men han har rätt förstås – hickan gungar fortfarande i mej som veritabla skalv när jag till slut måste upp till ytan efter luft. Martin bestämmer sej för att dunsa ner han också och räcker mej flaskan:

"Kom igen så drar vi resten på vägen, sånte effekten går ut."

Skön känsla ändå, om det inte vore för hickan men det finns ju vatten på toaletterna när vi kommer fram. Eller så kanske det går att skrämma bort med vin? Jag provar i alla fall, varpå flaskan går tillbaks till Martin som tar sej en rejäl slurk till han också.

"Ha, nu börjar det änna spritta litte i bena osså! Va la annars det jag oroa mej mest för – det där jäkla dansandet som ska te." Han skuttar iväg i några Gene Kelly-aktiga sidsteg och tar en lyktstolpe i armvecket och svänger runt ganska snyggt med flaskan i den andra utsträckta handen. En pudeltant betraktar oss misstänksamt uppifrån backen, men det har hon inte mycket för.

"Får jag lov min skrynklia!" hojtar Martin och tanten viftar till förgrymmat innan hon riktar uppmärksamheten åt annat håll.

"Får jag flaskan", säger jag, "jag vill osså dansa!"

För en gångs skull är vi faktiskt inte först, men snarare lite sena. Cykelställen utanför gympasalen är fulla och borta bakom slöjdbaracken står en del mopeder travade. Och det hänger nyfikna nior lite här och där i buskdunklet och musiken slår ut med det bultande färgade ljuset via de höga fönstren ovanför omklädningsrummen. Monstret i magen. Men vi tar varsin Juicyfruit och är förbi den trötte dörrvakten – Gonzo tysklärare – inne bland skorna och jackorna, och jag går på toaletten och dricker bort det sista av hickan ur en pappershandduk, och Martin har träffat några från sin klass när jag kommer ut igen så vi bara skakar varsitt mors och lycka till med skallarna och jag träder in i salen ensam.

Det snurrande stötande röda och blå och gröna ljuset från spotlights upphissade i bommarna eller fastsurrade i ribbstolarna, och högtalare balanserade med spännremmar och hopprep uppe vid takfönstren – tillochmed en spegelboll som kastar sina glada färgfläckar över allting. Man fångas in av det, trasas sönder och sätts ihop igen som nån nästan helt annan av musiken som river i öronen och bultar i magen och bröstet. Den sjunkande skalan i introt till "Varning på stan" och hela golvet är i rörelse, hoppar och böljar och häver sej och innan jag vet ordet av är jag indragen i det underbara kaoset av Anna&Annika, ett par snälltuffa fulingar i min klass som aldrig avlägsnar sej mer än nån meter ifrån varann, och till min förvåning känns det alldeles riktigt – har inte ens nån mask att kasta men bara ler och rycker igång i nåt som åtminstone under omständigheterna borde kunna gälla för dans. Känner mer än tänker att det här är ju en riktigt bra inledning, och att jag åtminstone slipper kura paneltupp med hastigt sjunkande självförtroende. Växer istället, och bryr mej snart nog inte ens om att försöka hålla koll på hur benen och armarna rör sej.

Varpå benen och armarna förstås tar över, jag känner hur de liksom dansar omkring med mej och hur jag bara kan flina idiotiskt och låta mej transporteras. Anna&Annika flinar tillbaks med upphissade men uppskattande ögonbryn och det är upp och ner och framåt och bakåt och några snabba sidsteg och jag törnar in i någon och studsar tillbaks igen, och hämtar andan några sekunder under det lugna partiet ("Kom kom kom vi drar hem till mej...") och gör en omstart sen och hela salen gör detsamma ända tills Bryan Ferry tar över och jag är redan svettig och drar mej ut ur det värsta tumultet för att försöka lokalisera henne.

Och där fortsätter miraklet – hennes hand i luften och hennes fötter som sätter kurs emot mej. Hinner knappt ens hämta andan innan hon står framför mej, lite röd kanske men leende och samlad med snälla ögon och det är så bra att jag inte hinner bli nervös men kan rida vidare på vågen bara – särskilt som hon helt chockartat tar mej om axlarna och häver sej upp på tå. För bråkdelen av en sekund tror jag faktiskt att hon tänker kyssa mej och har fullt sjå att inte dra mej undan av blotta överdosen när hennes röst slår in med hennes varmt kittlande andedräkt i min häpna öronsnäcka.

"Du dansar ju bra", tror jag hon säger och "Å nu vill du osså ha en omgång", hör jag mej till min förvåning svara. Varpå hon skrattar och liksom niger, fast på skoj förstås:

"Ja tack."

In i den svängande virvlande sprattlande kalabaliken igen, men vi håller oss lite i utkanten ändå. Och mitt nya jag ser henne i ögonen och hennes nya jag tittar tillbaks, och tillsammans skrattar vi ljudlöst i larmet åt något vi inte vet vad det är men att det uppenbarligen är roligt.

Hon är ju så söt fast med ett slags snällt bett i blicken ändå, fan vad hon är... Och det blir inte sämre av att hon är ganska kryckig på att dansa – känner hur luften pressas ur lungorna när jag ser henne där framför mej, de smala höfterna i de beiga manchesterjeansen och den långärmade koftan som kanske inte heller hör till de modernaste men just därför. Hon bryr sej inte för mycket om sånt där, och det är kanske en del av det jag gillar med henne. Hennes fötter rör sej bara med nöd och näppe och uppenbar koncentration i takt till musiken och jag får nästan en känsla som att jag måste rädda henne, vill ta henne i handen och leda henne bort från det här stöket som ändå passar både henne och mej så illa – bort nånstans där vi kan vara tysta på allvar. Här och nu, eller nånstans i närheten ganska snart då, skulle det faktiskt kunna hända. Eller, om det åtminstone ville komma en tryckare!

Ser henne i ögonen som om jag aldrig gjort annat, och hon tittar tillbaks som sagt och ler men viker efter ett tag som om jag ändå tagit i lite för mycket. Som om hon plötsligt kom ihåg att hon egentligen är ganska blyg, och att hon till skillnad från mej inte druckit nånting. Och jag vet att jag älskar henne mer än någon nånsin älskat någon tidigare och att livet aldrig kan bli bättre än det är just nu, en tilltagande yrsel och ett lätt men bara lätt illamående till trots. Varpå livet omedelbart slevar på en klick grädde till.

Ti amo, un solda, ti amo, in aria… Hela havet stillnar, vågorna lägger sej, och ungefär hälften av de dansande drar sej undan mot ribbstolarna eller korv- och läskförsäljningen på andra sidan den halvt utdragna vikväggen eller till omklädningsrummen och toaletterna. Allt medan Eva Enoksson med en lite nervös min och lätt utsträckta armar vandrar rakt in i min famn.

Lo ti amo e chiedo perdono...

Jag försöker begripa att det är sant. Min ena hand runt hennes midja, den andra över hennes ena skulderblad. Och hennes händer, kopplade i varann runt min nacke, mot mitt bakhuvud, hennes handleder gnuggande lätt och ofattbart mot sidorna av min hals. Det är så underbart att det gör ont. Jag trycker henne mot mej lite extra för att hon inte ska kunna missta sej, och tänker att nästa gång jag ringer till Eva kan jag säga vem jag är och hennes farsa eller brorsa eller morsa kommer att gapa inåt huset: "Eeeva, det e Frank!" Under tre minuter eller så är livet fulländat, det finns ingenting att vare sej lägga till eller dra ifrån, det är bara allt jag nånsin önskat och dessutom lite till som jag inte haft en aning om att det fanns.

Och sen vet jag inte riktigt vad som händer, och det ska ta mej att tag att sluta grubbla över det. Det går så snabbt, och är så förvirrande alltihop när Eva blir det första av så många lovande förhållanden jag ska komma att supa sönder och bort (innan jag sent omsider, ett par decennier senare, hittar tillbaks och hem igen).

Det är allt det där körsbärsvinet förstås, det har hämtat sej nu efter mitt respektlösa klunkande i skogen, det har tagit sej ikapp och tänker hämnas. Det går runt i skallen, fast tyvärr inte mer än att jag kan hålla skenet uppe, varför mitt uppträdande bara ter sej klumpigt och dumt. Känner hur jag flinar som en tönt och tycker mej höra hur jag säger nåt larvigt också och där är Helena och rätt som det är dansar jag med henne istället, kickande och boxande som en furie rakt igenom mobben – och Eva glider undan och bort och är snart bara ett undrande ansikte i fonden, och strax därpå inte ens det. Jag antar att hon gått hem.

Helena alltså, hon ser för sin del inte ett dugg undrande ut men skrattar och försöker att hänga med i krumbukterna. Detvillsäga hon härmar dem inte men ser i alla fall till att följa med över dansgolvet med nån slags grundläggande värdighet i behåll, och när musiken skiftar tar hon ett vänligt men bestämt grepp om min ena handled och leder iväg med mej mot ett av omklädningsrummen.

"Blaska av dej litte me kallvatten i ansikte så mår du bättre", säger hon och puttar in mej på toaletten, och av nån anledning gör jag som hon säger.

Spridda skärvor av minnesbilder sen bara: vi dansar igen och jag har svårt att hålla balansen men mår i alla fall något bättre så länge det vara. Helena, nånting nästan moderligt i hennes tappra kamp för att hålla oss upprätta när jag trampar henne på tårna och vinglar iväg med oss några meter...hennes tajt vinröda sammetsrumpa som vickar iväg strax framför mej när vi för sista gången rör oss mot omklädningsrummet...och Martin som sitter där i ett hörn under vindjackorna och ylletröjorna, med pannan lutad i handflatorna...

Det är förstås ett av mina svårare uppvaknanden, alldeles oavsett den bultande värken bakom pannbenet och stelheten i nacken och skrubbsåren på vänster knä och armbåge efter fallet från Helenas pakethållare. Sorgen – och skammen! – som sticker till som plötsliga glödgade nålar i hjärnan när bilderna kommer för mej. Eva, hängig och förvirrad vid sidan av dansgolvet medan jag låter mej dras iväg av Helena rakt in i omöjligheten. Och Martin förstås, jag bävar för att träffa honom samtidigt som jag känner att jag måste göra det så snart som möjligt.

"Va det nåt kul igår da?" Morsan försöker att inte verka alltför nyfiken medan hon rör sej fram och till-baks mellan kylskåpet och köksbordet med smör och marmelad och ost och kaviar.

"Just det, blire nåra söta flicker här på middag snart?" Farsan tittar också upp från lokalsportdelen och betraktar mej med den vanliga svårbestämda blicken, mitt emellan spydigt småleende och tålmodigt vädjande liksom. Han ser gråare ut än vanligt, men anstränger sej ändå att le.

"Lägg av."

Och de fnittrar till, var och en på sitt sätt, och åter-upptar sina göromål där de var. Farsan drar ett fett lager smör över en halv Hönökaka och försvinner i spekulationerna kring morgondagens divisiontrederby på Edsborg igen, och morsan röjer vidare längs diskbänken och vägrar som vanligt sätta sej ner några längre stunder. Själv petar jag i mej vad jag klarar: en halv mugg filmjölk med krossad skorpa i, ett glas juice och två koppar kaffe. Och det slår mej först nu att det aldrig egentligen pratades särskilt mycket vid de där lördagsfrukostarna, värdet av att sitta där var ett annat. Självklarheten, den goda viljan som låg och puttrade inuti tystnaden. Allt det underförstådda som inte behövde ventileras.

"Du dricker väl inte för mycke när du e ute sådär", säger morsan i alla fall till slut. Det gick väl inte att undvika.

"Det e lugnt, morsan. Jag e berusad på live, det vet du."

"Det e så lätt hänt att det...hänner nåt."

"Jag vet."

Martin står lutad mot staketet utanför Walters kiosk och ser bister ut, men tittar i alla fall på mej.

"Charmören..."

"Fyffan Martin, fattarnte va som hänne..."

"Då e vi två."

Han lutar sej framåt och börjar gå nerför asfaltplanen mot trottoaren just som jag själv tänkt luta mej mot staketet, och jag följer efter och försöker komma på nåt mer att säga men det går inte. Jag bara tiger där ett halvt steg bakom, och han är också tyst och vi lommar på i tystnad hela vägen längs Nossebrobanan ner till bangården där han hoppar upp och sätter sej på kyrkogårdsmuren bakom några rostiga godsfinkor på det nordligaste av stickspåren.

"Nåt mer får du fan säga", säger han. Jag står kvar på singeln nedanför muren och tittar på honom, men inte särskilt länge eftersom svärtan i hans ögon får det att skymma för mina egna, och jag tar sats:

"Vet mante ska skylla från sej men…jag måste änna. Det va det där vine, å så va det faktiskt hon…"

"Å det kunne dunte motstå feståss."

Jag sväljer och slår en liten snabb lov där över de rostiga smalspåren:

"Du borde la veta bättre än nån att jante skulle byta Eva mot Helena… Det va faktiskt inte bara dej jag svek."

Han bökar med tungan innanför kinden och just som jag vågar mej på att se honom i ögonen igen anar jag hur det värsta av det där mörkret faktiskt lättar något.

"Jävla Frank…"

Vi tar en rejäl sväng sen, följer rälsen ner över Kungsporten och Järnvägsbron och slirar nerför slänten vid Hjulkvarnsholmen och fäktar vidare genom slyet över stenarna till Mossberget och via den lilla branta träbron till Prästskedesholmen och runt gästhamnen till Spikön. Det är en sån där nästan hetsigt blek och liksom skönt allergen försommardag med björkpollen som drar förbi i skyar över det trögt men ostoppbart virvlande vattnet som matar ner mot kraftverks-dammen och slussarna. Och det blänker i fönstren på andra sidan och pudeltanterna har väl fortfarande rockarna på sej men vi andra har slängt vindjackorna över axlarna om vi inte helt enkelt lämnat dem hemma och rör oss runt staden i tunna ylletröjor med uppkav-lade ärmar och ny svikt i gummisulorna. Våra små eller större problem till trots.

"Jaha, så du e ihop me Helena nu da huxflux." Martin försöker sej på ett av sina patenterade tykna flin men ser mest magsjuk ut.

"Nä föffan, eller det tror jante allefall. Kommernte ihåg va vi sa..."

Det känns ovanligt och inte bara helt behagligt att åtnjuta en så total uppmärksamhet från Martin. Han tittar oupphörligt på mej från sidan för att inte missa nån nyans i det jag säger, vilket förstås bara medför att jag har ännu mindre koll på vad jag säger än normalt.

"Å e det så gör jag ju slut me en gång."

"Inte för min skull bara, jag bryr mente längre."

"Inte?"

"Nä, jag tappa intresse rätt fort igår, redan innan hon sög tag i dej faktiskt. Kände plötsligt att honte va den jag trott riktigt. Inge cool liksom. För fladdri."

"Asså."

"Det e sådär iblann, man får för sej saker."

"Jo, man får det."

Varpå det blir tyst under några sekunder medan vi begrundar denna sanning, innan jag rätt som det är känner hur det stinger till i överarmen av Martins vänster:

"Kanske borde lägga in en stöt på Eva iställe, kanske det som e meningen. Söt tjej ju. Verkar ledi osså."

Efter Klaffbron tar vi ner längs den trådsmala Kanalön som klättrar glest buskbevuxen ner mot kyrkans rostbruna tegeltorn på berget ovanför Håjums varp. Det är en promenad vi gått så många gånger att den såattsäga sköter sej själv vid det här laget, och den visar sej ganska duktig på att vädra ut baksmälla också. Kisar bakom solglasögonen men känner ändå hur molandet bakom pannbenet släpper lite för varje steg, och vågar mej tillochmed på att krama en liten snus när Martin nu ändå plötsligt producerar en dosa Göteborgs ur ena bakfickan.

Trafikkanalen ligger tom och dovt blå mellan oss och Österlånggatan på andra sidan där lördagslediga 99:or och 144:or trängs med enstaka Oplar och gamla Taunusar på parkeringsfickorna längs den låga stenmuren. De flesta balkongdörrar i hyreshusen där bakom står öppna och jag ser tillochmed en kvinna som sitter och läser i bara bh:n i ett uppenbarligen helt vindstilla hörn av fasaden.

Var och en i sin egen tankemoja en stund. Inget särskilt viktigt som måste ut, eller som inte kan vänta till ett senare tillfälle.

Jag tänker på Eva förstås, och försöker komma på en bra öppningsfras om jag skulle lyckas samla ihop mej till att ringa lite senare. Hej, vart tog du vägen? Hallå, det e han som bara försvann... Om det nu inte är försent, om det inte faktiskt redan är det. Mot min vilja ser jag också plötsligt Helenas höfter gunga iväg över målområdesmarkeringarna, hennes runda lår innanför det där tajta sammetstyget...

Och Österlånggatan tar slut på andra sidan och det väldiga NoHAB-komplexet tar vid, och på vår sida: den lilla bukten där transformatorstationen surrar bakom ryggen på de gamla disponentvillorna, och stigen vidare upp längs branten mellan skogen och vattnet. Och där får jag plötsligt frossbrytningar:

"Fan, här kanske det va..."

"Vaddå?" Martin kliver vidare och verkar tänka på nåt annat medan han frågar.

"Undelitt å tänka sej när solen skiner såhär."

"Va snackar du om?" Han tittar upp lite förvirrad men verkar i alla fall närvarande i samtalet nu.

"Kanske va häruppe han ble påhoppad, inte en käft här ju, å sen flöt han upp därnere runt hörne..."

Stannar och ser mej omkring: den smala stigen längs branten och de täta hallonsnåren på ena sidan och ganska buskig skog åt andra hållet. Och bara fönsterlösa industribyggnader på andra sidan kanalen – det är faktiskt svårt att tänka sej ett särskilt mycket lämpligare ställe för ett överfall. Om man nu alltså inte bryr sej så mycket om vem det är man överfaller.

Men Martin bara rycker på axlarna:

"Aa, eller så va det där borta på annra sida, eller längre uppströms eller nerströms, eller på nån båt kanske eller nån helt annanstans hur långt bort som helst innan dom körde ner å tippa i han bara..."

Och han kan väl få den poängen, den är onekligen rätt svårkontrad. Nöjer mej med att hålla lite extra koll in bland träden medan vi fortsätter ner mot sjön, väl medveten om hur överflödigt det rimligen är.

Runtom den lilla bryggan syns förstås ännu mindre nu än senast – varken avspärrningar eller nyfikna eller nånting annat som kunde påminna om det som utspelats ett par veckor tidigare. Men vi går ändå ner och ut på bryggan som gungar till ganska vådligt, trots att det inte alls är någon flytbrygga. Ställer oss längst ut med händerna i framfickorna och tittar ut över det där slött kringflytande lätt oljefilmiga vattnet och den ständigt öde vägen på andra sidan från Kanalkontoret vid övre slussen förbi den jättelika kranen och upp runt den gamla lok- och turbinfabriken. Inte en käft nånstans, alldeles som vanligt.

"Ställe det här egentlien", säger Martin utan att ta blicken från sjön.

"Aa."

"Skoftebyn kunne jag gott bott på faktiskt."

"Asså, aa, nä. Ser mej nog litte längre bort ändå."

Han kikar på mej ur ögonvrån:

"Just det, jo. Fast om man sulle stanna..."

"Så kunne det visst bli här nånstans."

Tystnad nån minut igen, med varsin stillsam huvud-
vridning nerifrån slusseriet med caféet uppe på klippan
och kiosken och pollarna nedanför, och norrut sen in
mot trafikleden varifrån vi kommit.

"Sickna massa stirrgökar då när dom preciss halat
upp han, jag såget på teve…"

"Aa." Jag missade faktiskt den sändningen, vilket jag
nog var ganska ensam om bland trollhättebor.

"Litte lessamt faktiskt, fast man fattar la osså. Va har
egentlien hänt här sen Clark Olofsson flytta…"

"Jo, vi e la rätt nyfikna vi osså eller va står vi här å
blänger för."

"Mm." Varpå vi vänder och kliver in mot fast mark
igen, jag först och Martin efter.

"Apropå det förresten", säger han, "du kan allri gissa
vem som stod där inkilad blann tantera, som vinte sett
på flera år?" Martin kluckar till bakom mej som om det
varit Televinken eller Drutten det handlat om.

"Nä, vem då?"

"Han Reine vettu, som gick i din klass på lågstadie."

Just det, hade jag nästan glömt men Martin håller
oftast hårt i detaljerna. Hur Reines brorsa Ingolf som
gick i fyran när vi började på lågstadiet brukade titta
över från mellanstadiets skolgård på lunchrasten för
att vrida om Reines näsa så att blodet rann i en tunn
sträng över asfalten hela vägen in på toaletten. Det var
otäckt, overkligt, och inte sa han nåt till lärarna heller.

En gång såg jag hur han satt grensle över sin lillebror med knäna mot armvecken för att omöjliggöra allt självförsvar, och dunkade den lilla skallen hårt och rytmiskt bakåt ner i stenläggningen under regnskyddet. Som nånting ur nån film man egentligen inte fick se men smög sej till i alla fall, inkrupen i dammet under tevesoffan.

"Måste ju vart psyksjuk den där, det va nåt så jäkla kallt övert."

"Jag minns."

"Hade det vart hanses plyte där så hade jag direkt hållt han för gärningsman…"

"Nu ska vinte överdriva."

"Nä, men hur ska man fattan såndär typ?"

"Vet inte. Kanske själv fick stryk, hemma eller i klassen. Och det ejutt tag sen."

"Mmm."

"Eller så kanske det va nåt me Reine som vinte har en aning om. Syskon kan va rätt irriterande har jag förstått, om det e det där att man allri kommer unnan dom eller va…"

Jo, han hörde väl åtminstone inte till de menlösare på skolgården, vad jag kunde minnas. Dominerade inte på nåt sätt heller men var väl en av den stora till synes hyggliga majoriteten. Varken skuggsmygare eller gaphals men någon jag för min del kände mej märkligt bekväm med. Det där ständiga småleendet, eller om han bara såg ut sån helt enkelt…och de lika glada ögonen, jag skulle aldrig ha kunnat förklara vad det var han log åt men log såklart tillbaks. Varmed vi var vänner utan att särskilt många ord nånsin yttrats om saken.

"Hur verka han nu da?"

"Vi snacka knappt alls, han bara hänka mej upp te Karlstorpsvägen å vände sen. Men han va la som förr, om jag nu kände han då."

"Gjorde la du."

"Gör man la kanske allri egentlien."

* * *

Livet som glider vidare med en utan att direkt fråga om lov, som halkar iväg hitåt eller ditåt, lika ofta styrd av rena felskär som av någon slags tanke eller avsikt. Man får hålla i och försöka se vart man är på väg innan man kommer fram, eller innan kursen plötsligt är en annan, mycket mer är väl egentligen inte att säga om det hela.

Har knappt hunnit hem innan det ringer på dörren, men har i alla fall tagit mej in på toaletten så det är morsan som öppnar. På så vis hinner jag faktiskt samla mej en aning och tillochmed lägga upp ett slags rudimentär plan innan jag står ansikte mot ansikte med henne, men det hjälper förstås inte mycket.

"Hej." Hon säger faktiskt inte mer men bara ler varmt och lite blygt kanske men inte särskilt ändå där hon står planterad på hallmattan med remsandalerna på och en alldeles för stor och löst stickad blågrå ylletröja och urtvättade jeans.

"Hej." Och sen vänder jag mej alldeles instinktiv till morsan som står och glor i öppningen till köket med diskhandskarna på utan att ens försöka maskera nyfikenheten:

"Sticker ut en stunn igen."

Sen går vi nerför hela Slättbergsvägen till vändplanen vid Nossebrobanan utan att mycket mer än harkla oss, och klättrar upp på den gamla banvallen sen och styr österut utan att fundera mycket över just den saken heller. Varpå hon plötsligt tar mej under armen och lägger sin tinning mot min axel medan vi fortsätter gå.

"Du e blyg", säger hon och reser upp huvudet igen och skrattar fast inbjudande.

"E jag?" säger jag, som om jag faktiskt inte fattat det förr.

"Aa, det e du." Hon kramar till lite extra runt min arm och jag är ju tvungen att lägga min lediga hand över en av hennes i alla fall, i brist på vettiga ord.

"Aa, jag e la det litte."

Helena gör sej loss och ser på mej med viss förvåning efter detta erkännande.

"Kanske därför jag gillar dej."

"Vad som nu finns å gilla me det. Förresten vet jag inte om det e blyg jag e eller bara hälsosamt försikti."

"Aa, nä. Fast igår va du änna varken blyg eller speciellt försikti..." Hon fnissar till lite.

"Å du gilla mej ändå?" Hennes öppna och avslappnade stil har redan fått mej så hemma och varm i kläderna att jag kan fyra av ett litet leende med den kommentaren, och för hennes del är det allt hon behöver. Hon stannar och tar tag i mej snett bakifrån, och får stopp på mej och drar mej till sej ganska bryskt, och huxflux känner jag hur hennes varma tunga ränner in mellan mina tänder och det är som om allt annat upphör.

Har kanske varit med om det förr men kan inte minnas när och det kan hursomhelst inte ha varit på samma allvar, Ryska posten förmodligen. Hennes kastanjebruna hår som hänger ner och liksom blandas med mitt blonda mellan våra pannor, hennes svala kinder som snuddar så trevligt vid mina, hennes näsa som bänder försiktigt mot min, hennes tänders glada klickanden mot mina, och våra tungor som brottas omkring än i min månhåla, än i hennes. Det är bättre än jag kunnat föreställa mej, bättre faktiskt än nånting annat nånsin!

Så nära, så tillsammans. Så utan nån som helst anledning till rädsla, om inte för att det ska ta slut. Inser visserligen redan när jag står där att jag inte är kär i henne, men också att det förmodligen är just därför det känns så helt utan motstånd – och kär kan jag ju alltid bli nånstans längs vägen. Och Eva är förstås där men bara för bråkdelen av en sekund innan jag får syn på henne och skjuter även henne på framtiden, om så bara för att jag är alldeles tvungen. Vad Martin beträffar syns han inte alls till.

Jag bara håller om henne, och hon håller om mej, och vi står mitt på cykelvägen och kysser varann utan att prata något mer medan en och annan hundägare prasslar förbi utmed dikeskanten och försommarskymningen fetar till sej och läpparna så småningom faktiskt börjar ömma lite grand.

* * *

Sparkar fyra gånger med hälen mot plåtluckan över källarfönstret och går runt hörnet sen för att vänta på att nån ska komma och öppna. Kontrollerar att silverkedjan med hennes namnbricka ligger väl dold under t-shirten och ser mej omkring under tiden, med något av nya ögon. Nästan lite trevligt nu i den tidiga sommarnatten, det där gamla trista industriområdet – fast helgstängt och bommat och befolkat bara av schäfrar som springer lösa på en del av de inhängnade tomterna, av Securitas- och ABAB-personal som slår sina lovar runt kontorslängorna och utställningshallarna med knipporna rasslande vid höften, och av Flänsen Glänser då, garage- eller egentligen källarlokalsbandet jag är där för att besöka.

Vad en kyss kunde göra, hur den kunde få en att växa, att det kunde vara på det viset – att det kunde ligga så mycket erfarenhet och märg och mod och motståndskraft i närkontakten med ett par läppar... Så mycket ödmjukhet och självförtroende i ljuv förening.

Det är Lungan som öppnar ("Aah, vår textförfattare, kom igen nu ska du få höra!") och jag följer honom nerför korridoren till trappan och vidare sen genom de två skyddsrumsdörrarna till det lilla äggkartongsfodrade sunkhålet längst in. Lungan, som fick den ena punkterad i en rostig godsfinka på den lilla rangerbangården utanför Nohab när han var liten och bodde där i trakten men som låter som om han hade tre när han han blir inspirerad, vilket han är nästan kroniskt. Jonnys basslingor och Martins skrälliga virvlar växer till sej successivt under promenaden men upphör när vi kommer fram och jag går och fäller mej i den utnötta manchesterfåtöljen längst in för att avvakta nyheterna.

Två nakna glödlampor i varsina dammiga sladdar i betongtaket, rullbandaren och drivan av tejper på det lilla soffbordet utmed väggen intill ingången. Martins trummor på några slitna trasmattor i ena hörnet och Lungans gitarr på golvet bredvid mikrofonstativet och notstället med de lösa textlapparna. Högtalare lite här och där och sladdar hit och dit och en pinnstol och en nersjunken tvåmanssoffa bakom en avskärmande plywoodskiva där också den igenslammade kaffebryggaren är placerad. Jag ser på dem en i taget, och de stirrar tillbaks som om det var jag som hade nåt att säga.

"Lörda femtonne, gör dej ledi!" Martin ackompanjerar sej själv med några snabba slag på virveln.

"Vaddåra?"

"Spelning, å du måste sköta ljuse." Det är Jonny som lutar sej mot väggen, fortfarande med basen på den runda magen.

"Gärna, fast jag måste kolla först att jag kan." Jonny är hygglig nog, men eftersom han är ett par år äldre gör han mej löjligt nog fortfarande nervös.

"Jag tror du kan", säger Martin mystiskt. Han kan knappast syfta på själva jobbet eftersom jag gjort det flera gånger tidigare och det bara handlar om att skifta mellan en handfull färgade spotlights vid vissa angivna ställen i låtarna.

"Ut met nu da, va e det för speciellt?"

"Parken."

"Vaddå Parken?"

"Parken. Folkets friggin park!"

"Lägg av da."

"Det e säkert!" Lungan bara garvar rätt ut med det där glappet mellan framtänderna och den finniga näsan rätt upp i taket, och viftar med ett papper som jag antar kan bekräfta det oerhörda på ett eller annat vis. Jag bryr mej inte om att kontrollera.

"Men, vaddå, eller hurdå?"

"Kvalitet får man anta. Vi skickan tejp te bokninga för nåra vecker sen, å ja…"

"Häftitt! Va e det för huvenummer?"

"Aa, det e la litte synn – dansband bara, Flamingo tror jag. Inte vår publik preciss..."

"Fast dom drar nog rätt mycke folk."

"Så blir vi la litte mer av huveattraktion själva..."

Jonny brukar inte ha svårt att lokalisera den ljusa sidan av saker.

"Jo, en får la se det så."

"Det e ju så, även om ingen kommer å fattat förns efteråt..."

Jag känner hur det här dagen blir alltmer oerhörd, den börjar verkligen stå ut på allvar nu. Nykysst och full av fjärilar var jag redan, och nu ska väl åtminstone några av mina texter framföras på Folkets park. Även om det är ett par veckor dit. Plötsligt liksom anfallen av tanken på att det faktiskt finns tid både att göra slut med Helena och att vänta nån vecka och ringa och bjuda med Eva istället känner jag att jag måste skaka lite på huvudet för att blanda bort idéerna, varpå jag reser mej och promenerar en liten sväng runt Lungan som ligger utsträckt mitt på golvet med skallen i ena handen.

"På tiningen vet dom inte att jag e inblannad här", hör jag mej fundera.

"Å vaddåda?" Martin kisar lite åt mej som om han nästan fattar.

"Så Flänsen glänser kanske kommer å få ganska hyfsad kritik för sin spelning..."

Vi skrattar högt allihop utom Lungan som inte greppat det hela:

"Skulle vinte fått det annars? Vaddå, har dom nåt emot dej där?"

Vi skrattar ett varv till allihop, inklusive Lungan som dock ser ganska förvirrad ut.

"Han skrivert själv fattarula", förklarar Martin när salvan klingat ut, och man liksom ser hur lampan slås på i blicken på Lungan. Själv tycker jag det känns som ett bra ställe att runda av på och rör mej mot den där enorma stålskodda betongdörren igen.

"Tror jag går hem å tar tag i det me en gång faktiskt."

"Nyskapande", ler Jonny, "recension före spelning…"

"E nonte första gången det händer", säger jag.

"Vänta litte", säger Martin, "jag ska osså hem nu".

Lagom svalt nu för att hänga över sej jackan och tillochmed dra upp kedjan en bit, även om Martin förstås måste spänna sej med skinnjackan häktad i ett finger över axeln bara. Vi genar rakt ut över den vildvuxna ängen mellan industrierna och skogspartiet utmed järnvägen, hoppar över första banvallen och tar den vanliga stigen under björkarna sen över till den nedlagda Nossebrobanan. Han snackar låtlista hela vägen medan jag känner hur det vänder sej fast på ett behagligt sätt i magen.

Hennes smak, jag har kvar den och det slår mej och jag ler, varpå en släng av dåligt samvete utblandat med allmän förvirring driver mej att försöka engagera mej i den där låtlistan igen istället.

"'En man jag aldrig blir´ e klockren å öppna me men Jonny fattarnte det. Normalt ska man ju ha en lugn låt först å sen dra igång hela maskineriet på allvar i den andra, å hela den effekten e liksom inbyggd i 'En man´. Fast han tycker det ska va raka rör direkt."

"E lan smaksak, fast jag håller me dej." Såklart – det är en Bostonlåt som jag översatt själv och som de gör en råare och mindre svulstig version av. Å andra sidan skulle den väl duga att avsluta med också.

Vi går redan förbi stället där Helena och jag stod och kysstes för någon timme sen, och jag tappar koncentrationen igen. Stirrar ner i de mörka videsnåren, och över till den öde för att inte säga helt avlidna Ulfsparregatan på andra sidan. Suger på tungan, det var nåt hallontuggummi hon hade, och känner hur läpparna fortfarande är alldeles mjuka av hennes serat.

Pirrandet i ansiktet när jag tänker på det, hur hon var att hålla i – vi passade så bra in i varann! Och sen håller jag plötsligt om Eva igen och hon är magrare men lika varm och det är nåt annat också, och jag känner hur jag börjar få ont i huvudet,

"Det enda e att vi måste byta namn..." Jag tittar upp mot Martin och tycker faktiskt att han slår undan blicken lite skamset.

"Va, vaddåda?"

Han repar mod med ett sorts ganska ansträngt hånfnitter:

"'Flänser glänser' ble för mycke, dom kante ha det på affischera säger dom."

"Nähä?"

"Så vi hade ett litet...krismöte förut, å döpte om oss."

"Jaha?"

"Så får vi se om vi behållert sen eller va vi gör."

"Va bidde det da?"

"Aa, jag tyckte ju 'Censurens offer´ men Jonny å Lungan villente reta gubben så det ble änna nåt rätt fjöntitt."

"Spotta ut da!"

"Du har la inge i mun nu som du kan sätta i halsen?"

"Men föffan Martin!"

"The Puch Dakota Trimmers."

Luften liksom pressas ur lungorna av sej själv, varpå det omedelbart uppstår ett undertryck och jag tror faktiskt jag skulle satt tuggummit i vrångstrupen om jag haft nåt.

"Lungans idé förstås, han mena att det e så lamt så det blir hårt..."

"Fan vet..." Hostan gör det svårt att prata.

"Aa, inte jag allefall."

"Fast iåförsej."

"Vaddå?"

"Det e la svårt å tat helt på allvar."

"Aa?"

"Så det kanskente e så fel."

Helenas långa rufs som blåser upp och killar mej på hakan, och Evas tjocka korta raka. Helena som bara skrattar när hon blir rädd, i den mån det är rädd hon är när hon börjar flacka med blicken, och Eva som koncentrerar allt vad mod hon har i en tillgjort kaxighet så gullig att man bara vill grina och pussa på den!

"Aa. Kan man heta 'Rainbow' eller 'Golden Earring' så."

"Du ser."

"Å 'Djupt lila', vaffan vill dom me det?"

Vi halvspringer nerför slänten mot vändplanen, och Martin börjar dra sej upp mot sitt medan jag fortsätter bort längs gatan.

"'Uriah Heep'."

"Aa, va e det?"

"Elak röhårig jävel i en Dickensbok."

"E det sant?"

"'Puch Dakota Trimmers'!"

"Aa...rätt brutalt faktiskt, när det fått en stund på sej..."

III

"Hundmänskor gläfser slickar kopplen de håller som de
håller sej själva i
Fickor och skallar fullproppade med hundskit det
tränger ut genom fodren och öronen
Stanken det självgoda flåsandet
Folk som inte har tid tala om vad klockan är som tror
de är ensamma vill ju inte leva har bara inte fattat att
de inte vill det

– – –

Fågelögonen svart koncentration flyger vilar
genomskinlig vind i akt genom vingpennorna darrar i
draget
Luften sprättas isär ramlar sönder det mjuka
störtandet de korta fallen"

Om Mehdi Kücüclers plötsliga och oförklarligt brutala hädangång var förstasidesstoff i västsvenska media och nyheter även i resten av landet, så hamnade Trollhättan förstås riktigt i fokus när de hittade den andra kroppen. Trots att det egentligen var ganska litet som direkt tydde på samma gärningsman.

Laila Karlsson, fyrtitreårig hemmafru från Strömslund, hade lämnat sitt hem på Arvidstorpsgatan vid femtiden på eftermiddagen den andra juni. Hennes man som strax därinnan kommit hem från arbetet på Volvo Flygmotor uppgav senare att hon gått för att rasta hunden, en ung labrador som bara hade ett knappt år i huset och som dök upp haltande på ena frambenet på uppfarten mot carporten vid halv sju. Så dags hade Lars Karlsson, mannen, redan varit ute och letat efter hustrun men hade fortfarande att ringa polisen. Det samtalet kom in strax efter åtta.

Då hade Laila Karlssons man, med hjälp av deras haltande hund, själv hunnit hitta sin hustru. Och paniken kunde börja sprida sej över staden.

* * *

Den åttifyra kilometer långa Trollhätte kanal mellan Vänersborg och Göteborg öppnades redan år 1800 för att byggas på ytterligare ett drygt hundratal år senare. Den sammanfaller förstås i stort med Göta älv, Vänerns avlopp till Kattegatt, som i sej själv har en lång historia som transportled. Det sägs att redan den norske kungen Harald Hårdråde seglade uppför älven med sin flotta på tusentalet, men då fick de förstås dra båtarna på land förbi fallen. Sedan kanalens öppnande servar sex slussar, varav fyra i Trollhättan, den nytto- och fritidstrafik som önskar överbrygga de totalt fyrtiofyra meternas höjdskillnad.

Vid Trollhättan leds trafiken genom en smal transportkanal medan fördämningar och turbiner vid den ursprungliga fallfåran reglerar vattennivån och utvinner den kraft som från början etablerade industristaden.

Älven är full av större och mindre öar och halvöar här, och system av kanaler och tunnlar och högre och lägre broar och ett veritabelt friluftsmuseum över slussbyggarkonsten med aldrig fullbordade och urvuxna och moderna slussgravar intill varandra. Promenadvägar vindlar genom skogarna på branterna och utsikten över den tämjda älven är emellanåt hisnande, vilket inte bara turister kan konstatera men dagligen även de horder av infödda trollhättebor som utnyttjar området till att promenera eller jogga - eller till att rasta hunden.

＊ ＊ ＊

Hon låg i branten nedanför Kopparklinten, utsikts-
plattformen högt uppe på Strömslundssidan av älven,
ganska mitt emot Olidehålan och den gamla smäckra
Olidekraftstationen. Nacken var bruten av det höga
fallet, liksom bägge armarna och ena benet, och det
var inte mycket kvar av ansiktet heller. Även om det
skulle ta ett tag att konstatera att det senare krossats
redan innan hon slängdes ner från den utskjutande
plattformen.

Att hon tagits av daga tvivlade man ändå inte särskilt
länge på, trots att hon liksom Kücücler verkade ha sina
världsliga tillgångar (i hennes fall ett oöppnat paket
med pappersnäsdukar, ett ihoprullat koppel, ett nästan
tomt läppstift och en portmonnä med etthundrafyrtio-
sex kronor och sextio öre) i behåll. Det vill mycket till
för att man såattsäga av bristande balans och koordina-
tion ska falla från plattformen, och det verkade också
långsökt att hon skulle ha valt en sådan plats och metod
att självmant ta livet av sej. Det finns broar och branter
i närheten som erbjuder säkrare död än Kopparklinten,
och ingen av de närstående som först hördes kunde
heller vittna om depression även om åsikten skymtade
fram här och där att hon varit en ganska surmulen
person.

Med paniken spred sej nu förstås även spekula-
tionerna än en gång, de senare är väl i mångt och mycket

87

ett sätt att hantera den förra, och att det förelåg någon sorts samband mellan de bägge dödsfallen verkade väl klart för de allra flesta redan från början. Det var helt enkelt inte möjligt att två stycken mördare smög omkring samtidigt längs samma stycke av Trollhätte kanal utan att den ene åtminstone inspirerats av den andre, det skrev tillochmed polisen under på fast de som vanligt arbetade "brett och förutsättningslöst".

Till att börja med försökte man också fastställa någon sorts samband i övrigt mellan offren, men det var inte lätt. Ingen i respektive krets av närstående kunde vittna om att de skulle ha känt eller ens stött på varandra, och vad skulle för övrigt en tydligen inte särskilt utåtriktad hemmafru i Strömslund ha gemensamt med en turkisk tysk på tillfälligt besök hos sin syster på Kronogården i den motsatta utkanten av stan. Kücücler talade heller ingen svenska, och Laila Karlsson varken tyska eller turkiska eller ens engelska värd namnet. De var iochförsej i ungefär samma ålder, och bägge kunde åtminstone förmodas ha rört sej på promenadvägar längs kanalen, men mycket längre än så var svårt att komma. Galen våldsverkare utan vare sej spärrar eller urskiljning blev således den gängse hypotesen nu när rasistmotivet var överspelat, och stadens motionärer plockade fram sina gamla tränings- cyklar ur garderoberna.

Samtidigt som det förstås blev något av sport för oss hormonförgiftade tonåringar att uppsöka de döds- bringande landskapen.

Det var nu inte alldeles lätt att va med tjej, så som vi bodde. Jag hade inte haft anledning att reflektera så mycket över det tidigare men fick ju plötsligt nu - Helena ringde på lite närsomhelst mest hela tiden och eftersom jag inte hade något eget rum utan sov i en bäddsoffa i vardagsrummet så blev det lite si och så med privatlivet om inte morsan och farsan var finkänsliga nog att ta en promenad eller gå och lägga sej tidigt, eller dra en långspader i köket kanske. Det var iochförsej sällan de behövde några kraftigare vinkar men jag var ändå glad att det åtminstone var sommar på gång, och att Helena för sin del hade lite mer plats till förfogande.

Hon bodde i ett av de många skapligt tilltagna "egna-hemmen" i Hjulkvarn mellan Stavre och älven, och det gick väl ingen större nöd på henne trots tidigt förlupen fader. Hennes morsa var kanske inget vidare på att sy, men hade tydligen andra talanger och det var vad jag förstod aldrig ens tal om att flytta från huset ("Man får väl jobba så mycket som utgifterna kräver" sa hon när jag i nåt helt annat sammanhang lite lamt försökte ställa mej in med det omvända, detvillsäga att man får anpassa utgifterna efter inkomsterna). Helena och hennes storasyster hade varsitt rum på övervåningen och dessutom en liten gillestuga i källaren att ta till vid behov av miljöombyte, så det var bara att avancera med den fart nerverna tillät.

Jag var kanske en liten aning tveksam de första dagarna, men lät snart nyfikenheten ta över. Det går visserligen aldrig att helt glömma att man är olyckligt förälskad, men man kan faktiskt bli seriöst distraherad - en tjej som Helena kan göra att man börjar vrida och vända lite på begreppen för att se om man inte miss-uppfattat det ena eller det andra. Kärlek, är det nånting som bara finns och som ligger där och som man har turen eller oturen att trampa i rätt som det är, eller är det nånting som man alltid måste komma på och finna upp tillsammans?

Hon satte igång oss, hon var bra på det, hade inga problem med de där berömda första stegen, och själv behövde jag alltså bara se till att hänga med i svängarana och det vill jag väl mena att jag klarade. Vi lärde känna varandra ganska snabbt, både bildligt och bokstavligt, och jag tror att jag redan efter någon knapp vecka bestämde mej för att saker och ting nog trots allt utvecklat sej precis som det var menat. Och kunde jag inte förklara det närmare än så för mej själv, så var det hursomhelst något som fick anstå till ett senare tillfälle.

Just där och då, under de där ljumma försommar-dagarna med betygen satta och avslutningsskjortan struken och skavsårsdojorna putsade, var det knappt ens att mordet på Laila Karlsson lyckades tilldra sej någon större del av min nyfikenhet, den hade fullt upp med Helena.

* * *

"Fyffan va läskitt allefall, han kan ju dyka upp varsomhelst - vi skulle kunna va döa om ett par minutrar!" Hon skrattar ändå fast lite flämtande liksom, som om tanken helt enkelt är för mycket för att göra nåt annat med.

"Bäst å passa på å leva da." Jag suger in hennes örsnibb i munnen igen efter den menlösheten, och låter den hand som inte är inblandad i kroppsstödjande verksamhet vandra upp längs hennes sida för att lägga sej på en av sina favoritplatser strax under hennes vänstra bröst.

Den där svala ljusblå bomullsskjortan, med min namnbricka glittrande och blänkande i solen i halsgropen under de översta oknäppta knapparna. Det är som ingenting, det där tyget - jag känner hennes revben, värmen, hjärtats pickande i handflatan.

"Nämen allvarlitt, kan du fatta att det är här det händer!" Hon ruskar lite på huvudet som för att själv få poletten att ramla ner.

"Jag försöker." Och jag ansträngde mej verkligen, men vi talade förstås inte om samma sak. Jag var fortfarande fullt koncentrerad på värmen som strömmade ut ur henne och som fick mej att svettas lite i handen, tillochmed genom skjortan. Hur hennes bröst hävde sej när hon andades och skakade till lite grand när hon pratade. Hennes läppar som särade sej och föll ihop för att studsa isär igen när de formulerade orden, och käkarnas arbete just i ögonvrån. Svikten och den mjuka elasticiteten i den där lilla örsnibben.

Innan man hade kommit längre, jag minns det fortfarande - det var som om man i brist på erfarenhet istället utvecklade fantasin till en punkt där det kändes som om man faktiskt hade viss röntgensyn. Jag visste precis hur hon måste se ut, och hennes nakna hud drog mej till sej med en kraft jag verkligen måste ta i för att motverka. Istället vände jag hennes ansikte mot mej igen och kysste det, hela ansiktet, från hårfästet via näsroten och ögonvrårna och kinderna ner över hakan och den ljuvliga halsen och upp igen till munnen.

Vi hade gjort några mackor hemma hos henne och cyklat ut längs Nossebrobanan till Klippiga bergen, just där skogen lämnar över åt den vidsträckta Västgötaprärien. Där fanns en del hemliga bergsskrevor på viss höjd över åkrarna där man kunde breda ut en picnicfilt, och jag är inte säker men tror att min förhoppningsfulla men givetvis aldrig öppet redovisade tanke var att platsen var tillräckligt avsides och öde tillochmed för lite riktigt seriös närkontakt om det nu var så att hon gick att intressera för sådan.

Hennes bröst, bröstvårtorna genom bh:n och skjortan, och resten av henne, allt hon var och som låg där med mitt namn på en liten bricka... Hur menade hon att jag skulle kunna fokusera på extremt eventuella kringsmygande mördare?

Vi var ju faktiskt också en bra bit ifrån kanalen. Klippiga bergen låg i själva verket ett stycke utanför staden, just där Nossebrobanan som löpte iväg från stationen bort genom de åldrade småhusförorterna i öster sköt ut ur det sista av det som fanns kvar av skogen för att sträcka vidare på sin ganska höga banvall över åkrarna och fälten mot Gärdhem och de okända landskapen därbortom. Martin och jag brukade dra ut kälkarna dit när vi var mindre, och senare hade det väl blivit en och annan hydda i området också. Det var helt enkelt en idealisk plats om man ville vara ifred och ventilera känslig- och hemligheter, eller om man som nu var ute efter att med lite tur och koncentration möjligen komma åt att greppa sitt första bröst.

"Frank..." Hon vänder sej lite grand på sidan samtidigt som hon flyttar på min hand, men kompenserar genom att hålla om mej och kyssa mej desto häftigare. Varpå hon rullar tillbaks på rygg igen, snyggt befriad från mina klåfingrar.

Himlen, blekblå med lite mjölkvita molntottar i ena hörnet bara, och de högresta tallarna bakom ryggen. Hon håller mej i handen nu och jag vet inte hur jag ska göra loss den igen, den är en frustrerande för att inte säga smått handikappad känsla. Hon håller mej i handen och blundar på rygg som om hon tänkt sej att vi ska ligga där och sola nyllena nu bara.

"Kan änna se rubrikera - `Kanalmördarn utvidgar sitt revir, frågetecken. Ungdomar brutalt slaktade i Håjumsskogen´."

"Lägg av." Jag är väl inte direkt skrockfull men gillar ändå inte sånt där snack. Onödigt att utmana ödet liksom, helt bortsett från att jag gott tycker vi kunde lägga koncentrationen nån annanstans. Dumt att självmant sabba läget när nu ingen annan gör det.

"Eller: `Tredje å fjärde offren hittade, ung kärlek snöpt i sin linda´." Hon skrattar åt sej själv och det är inte utan att jag undrar om hon retas med mej. Gör mej loss och rullar runt på sidan igen, och lägger högerbenet över hennes närmsta lår och gräver in händerna under hennes skulderblad. Och åtminstone kysser hon mej alldeles självmant, igen.

Samma pirr varenda gång, fortfarande. Hon suger tag i tungan och biter lite i den, och jag undrar var hon lärt sej sånt där fast inte på nåt svartsjukt sätt - hon har förmodligen sett det på teve, eller läst om det i Mitt Livs Novell. Och vi rullar fram och tillbaks varsitt halvt varv på filten och jag känner plötsligt att det är nåt mer än att hon är så snygg (tror de flesta killarna på Lyrfågelskolan skulle ranka henne högt), det är det där snälla skrattet som killar i magen på mej också. Man vet inte riktigt vad man ska göra med det, men att det inte spelar nån större roll. Det är hon som bestämmer, det är ingen tvekan om det, men hon gör det bra och jag känner inget som helst behov av att hävda mej.

Vilket dock inte betyder att jag klarar att hålla fingrarna i styr särskilt länge - hon daskar till mej på ovansidan av handen just som den på andra försöket lyckats pilla upp knappen i hennes jeans och med ett glatt darrande gett sej till att rycka lite i blixtlåset.

Hon ler med den där perfekta blandningen av försmädlig retfullhet och moderligt överseende:

"Skullente vi ha picnic?"

* * *

Det är snart tretti år sen som sagt och jag har i ärlighetens namn svårt att se hennes ansikte framför mej idag, så som det var, men kan utan större problem återkalla resten av henne. Och jag vet inte om det säger mest om mej eller om "resten av henne", men det finns väl ingen stor anledning att hymla om det. Möjligen är det så att det talar med allra störst insikt och tydlighet om själva puberteten.

Hon var helt enkelt både för vacker och för trevlig för att jag inte skulle försöka bli kär i henne, när omständigheterna nu tussat ihop oss, och hade det inte varit för Eva så hade jag kanske tillochmed hunnit. Helena kan inte gärna ha varit särskilt svår att förälska sej i, om man bara inte behövt förälska sej ur nån annan först.

Så var det, och så skulle det väl bli fler gånger längs vägen. Anpassningsförmågan lär ju vara människans främsta kännetecken; det är väl i första hand pragmatiker livet försöker göra av oss.

Skolavslutningen blev förstås ganska avslagen det året, liksom det mesta av kommunala aktiviteter. De flesta arrangemangen under sista veckan genomfördes visserligen, men engagemanget haltade betänkligt. Lärarnas lag lät som vanligt elevernas hämta upp ett omöjligt underläge under sista fem minutrarna av den årliga plojhandbollsmatchen i gympasalen, och niorna spökade ut sej med höga hattar eller gröna tuppkammar under sista veckan, med sönderrivna nätbrynjor och nitade halskoppel eller nosringar (punkvågen var fortfarande nåt som tevenyheternas Londonkorrespondenter rapporterade om så det fanns så att säga ingen äkta vara att förväxlas med i Trollhättan) - men det kändes mest som ett spel för gallerierna.

Av rektorns tal under själva avslutningssamlingen i aulan kunde man nästan få intrycket att det var två elever från Lyrfågelskolan som fått sätta liven till, även om han också malde en del om nödvändigheten av att blicka framåt och inte låta sej skrämmas, och det var väl inte med den vanliga stunsen vi rörde oss över skolgården mot cykel- och mopedställen efteråt.

"Jävla dåre å sabba stämningen", säger Martin och smäller fast betygskuvertet på pakethållaren och backar lite för att sparka upp låset.

"Räkan?"

"Aa, han osså men jag mena la mest den där fan som inte kan låta folk promenixa ifre. Det e liksom inte schysst."

"Inte schysst..." Jag måste räta på ryggen för att släppa ut garvet.

"Du vet vad jag menar, att det inte behövs nån anledning längre - man gårnte säker hur man än försöker sköta sej själv. Å förresten e det väl nästan det som e jävligast, att folk ska gå omkring å va skraja för å se varann i ögona."

"Fast dom kanske mucka me han, man vet junte."

Han ser rätt tveksam ut men släpper det:

"Aa, nä, gör man kanskente."

Ser mej omkring efter Helena men gränslar cykeln när Martin gör det, och vi vinglar fart ut mot Slättbergsvägen. Han har dock inte missat nåt:

"Du kan la vänta påna om du vill..."

"Nä, vaddå, hon ska nog hem först allefall."

"Som du vill."

På tal om sabbad stämning, vi trampar upp över Tunhemsvägen och ner genom Stavre utan ett ord, och det är inte förrän på krönet utanför gamla Posten som Martin hittat tillbaks:

"Hur går det för er da, funkar det?"

"Aa...faktiskt. Hon tar sej, eller det dröjer la allti ett tag innan man börjar fatta varann liksom."

"Aa, särskilt om det e dej man ska fatta." Martinflinet.

"Jag vet, jag e en komplicerad person." Frankditot.

"Lycka te allefall, jag menart." Och det vet jag att han gör.

Skakar upp på trottoaren strax efter Stamkullevägen och rullar utan att trampa något mer ner mot vår port medan Martin med en scouthälsning fortsätter bort mot sitt. Och jag står gränsle över cykeln nån halvminut tills han hunnit ur synhåll, varpå jag vänder och sätter fart mot Helenas.

In i de där armarna igen, och ögonen! Vi står i hallen och kysser varandra bröst mot bröst medan den gamla trötta labradoren slår några resignerade lovar runt smalbenen, och sen drar hon in mej i köket och trycker ner mej på en av furustolarna vid bordet medan hon meckar färdigt makaronerna med smält gräddost och svartpeppar och försöker skämta bort sina halvtaskiga betyg medan jag för min del tiger om mina (en ganska bisarr samling ettor och femmor).

Sen sitter vi i soffan i vardagsrummet ett tag och blåser på kaffet och lyssnar på "Knivhuggarrock", faktiskt. Hon placerar strumpfötterna mot bordet så att benen bildar en rät vinkel och den halvlånga kjolen glider ner lite grand och jag känner hur det börjar mola och spänna igen men kontrollerar mej, lutar mej bakåt och tittar bara: de smidiga vaderna som skjuter ut ur de nerhasade tubsockorna som verkar alldeles för stora, de helt runda och lätt rodnande knäskålarna jag har sån lust att lägga kinden mot, och jag kippar ofrivilligt till när blicken av sej själv vandrar vidare ner längs hennes bara lår. Och hon tittar på mej då och puttar omkull mej så att jag ligger i soffan med huvudet mot armstödet, och lägger sej själv ner ovanpå mej sen och jag vet att hennes morsa inte ens är halvvägs genom arbetsdagen och att hennes syrra har åkt ut till kusten med sin kille och jag är ju bara tvungen då att få för mej igen att det kanske möjligen är dags.

Ledin förställer rösten och försöker låta som "Eulalias mamma" medan jag låter den ljuva tyngden av Helena pressa luften ur mej, ligger inte särskilt bekvämt egentligen men ändå bättre än nånsin förr. Skakar faktiskt lite när jag låter händerna röra sej över hennes rygg och känner att skjortan åkt upp och lämnat en liten glipa vid hennes midja där jag liksom helt utan egen förskyllan kan slinka in. Och hon låter mej vara där, kysser mej fortfarande och halkar ner på insidan av mej så att vi ligger på sida mage mot mage och jag bryr mej inte ens om att hon förmodligen känner hur det står till.

Hur det spränger och rycker redan långt bortom kontroll.

Och eftersom jag inte säkert vet vad hon vill är jag ju tvungen att fortsätta, upp över höften och ner längs låret, och tillbaks igen under kjolen. Det är möjligt att hon stelnar till en aning, men jag är inte säker och det har väl för övrigt redan brunnit i skallen. Jag är bara nerärvda reflexer och muskelminne, ren intuition, det är inte mod eller chansning längre men nödvändighet - som när man redan hoppat från klippan och befinner sej i luften. Jag har hennes trosor under handflatan nu, och rör mej vidare - får dra åt mej ena axeln för att komma åt uppifrån, och hon rycker visserligen till lite grand men säger ingenting och jag bara vilar där några sekunder, hjärtslagen och kippande med det översta av hennes fitthår under fingertopparna! Och jag rör lite på dem, fingertopparna, och känner alldeles förlorad den varma huden mellan de sträva håren, och där - en slags omedelbart avkylande liten blöja...

"Fick monta i morse", säger hon och drar bryskt upp den vilsegångna handen och lägger den på sin axel istället.

"Aa", säger jag hest och vi bara kysser varann en stund sen igen, innan jag måste gå på toaletten.

* * *

Det finns den del olika varianter om man vill ta sej till Kopparklinten och vi täckte väl in de flesta den eftermiddagen, irrande på skrå längs stigarna på den skogsklädda branten mellan Håjums varp och Olidehålan. Det var vi nu inte ensamma om, vilket förstås gjorde det hela mindre dramatiskt för att inte säga ganska meningslöst. Det kryllade faktiskt av folk i skogen, både ungdomar och en del vuxna, och det hade säkert känts ganska tamt att hänga omkring där om jag inte haft så mycket annat att känna.

Helena kunde ju dragit iväg med mej vartsomhelst de där dagarna, och nu hade dessutom Eva ringt henne precis som vi var på väg ut, och slutit upp sen nere vid Torget. Jag kunde faktiskt brytt mej lite till om Laila Karlsson och Kanalmördaren, men höll mej förstås så gott jag kunde till den roll jag tilldelats.

"Har faktiskt inte vart te Kopparklinten sen jag va liten", säger Eva som för sin del spelat fullständigt ovetande om de känslomässiga komplikationerna ända sen vi strålade samman utanför korvkiosken. Att hon låtsas behöver jag ändå inte tvivla på eftersom hon är en riktigt usel aktris – tillochmed Helena verkar lite förbryllad över den liksom överdrivna likgiltigheten.

"Inte jag heller tror jag", säger Helena, "men jag kommer ihåg det va rätt läskitt å gå ut på den där utbyggnaden." Varpå jag avslutar replikrundan:

"Jag har la vart förbi nåra gånger, men det va junte igår."

Utsikten, det är förstås den det handlar om däruppe: hela fallfåran uppifrån Strömkarlsbron med Eldhs strömkarl ner under den höga Oscarsbron och vidare via det svart virvlande bakvattnet i varpet till den trögt flytande älven som drar ner under den lilla häng-bron över till Kärleksstigen och Gamle Dal – all dovt grågrön granskog som klär in och omsluter det hela, och som blånar iväg hela vägen ner över horisonten mot Lilla Edet. Och österut: de lätt osande industrierna på slättlandet norr om själva stan som för sin del utan att överdriva ändå gyttrar ihop alltmer där strax bortom trafikkanalen och Klaffbron för att snart åter tunnas ut efter Drottningtorget och Vattentornet och det högresta kvarteret Ormen. Man kan faktiskt ta in det alltihop däruppifrån Kopparklinten, ända ut förbi det gulkantiga Nils Ericsonsgymnasiet till miljonprogramskuberna på Kronogården och Granngården, liksom lätt dallrande nu i eftermiddagsdiset.

Eva tar täten när vi kommer fram, och stolpar ut på utkiksbryggan som om det vore treans svikt nere på Älvhögsborgsbadet.

”Nä fyffan, här vill man junte bli nerputtad!” säger hon samtidigt som hon lutar sej så långt ut över räcket att jag för en sekund blir alldeles kall. Jag har inte heller hört henne svära tidigare och det skär sej på nåt vis lite mot resten av henne, och det är både störande och märkvärdigt upphetsande. Jag försöker låta bli att titta, men det är ju svårt att inte höra henne.

”Verkar nästan lite svårt å bli det osså – måste vart en rätt liten tant, ellern stark kille.”

”Han kanske tog sats”, föreslår jag.

”Eller så va hon redan dö innan”, säger Helena och det slår mej plötsligt att det väl är det troligaste.

”Fan va folk det e därnere.” Nu svär hon igen, samtidigt som Helena parkerar bredvid mej och stoppar ner handen i min ena bakficka. Och det känns riktigt underligt alltihop och jag får anstränga mej för att inte visa hur förvirrad och faktiskt inte så lite skakis jag är.

"Undrar hur många kilo den e beräknad för, det står ju ingenstans..." Jag hoppar lite på golvplåtarna som skramlar samtidigt som hela anordningen skakar till, och tjejerna som också kan sina roller skriker åt mej att sluta och springer in mot säker mark.

Jag vill gärna hålla i Helena, och att hon håller i mej, men inte just nu och jag tar täten nerför branten igen för att hon inte ska komma åt. Hasar över det mossklädda urberget och slirar i jorden så att det dammar om fötterna, hoppar mellan blottade stycken av granit och stannar halvvägs och ser mej om. De tar det lugnare, diskuterande nånting med sänkta huvuden men axel mot axel utför stigen som vindlar ner via en uppsättning hårnålskurvor, och eftersom jag inte vill fundera för mycket över vad det kan vara som de så plötsligt fördjupat sej i så sätter jag fart igen och är snart framme vid de första nertrampade avspärrningarna kring själva fyndplatsen.

Det är som förra gången fast terrängen förstås är en annan - samma liksom egentligen helt självklara antiklimax. Det finns ju ingenting att se, vilket var och en av de närvarande borde kunnat räkna ut på förhand, och ändå står vi där och glor på det obefintliga. Dröjer oss för all del inte länge men måste ändå förbi, kanske i ett fåfängt hopp om att den relativa närheten i tid och rum till det obegripliga ändå ska kunna förklara nånting – vad vet jag? Står där en halvminut ungefär, som de flesta andra, men drabbas inte av några särskilt märkvärdiga tankar eller insikter och har redan vänt mej om när Helena och Eva kommer fram.

"Borde la vart en del blo allefall..." funderar Helena och ser sej omkring.

"Folk har la skrapa uppet å tatt hem som souvenir!" skrattar Eva nervöst men tystnar ganska snabbt.

Det är svårt att förstå vad det är som händer, och när jag ändå försöker kokar tankarna bara ihop i en enda knäck som knappt går att tugga. Vad vill hon, har hon också kvar känslan från den där tryckaren, eller fanns den inte ens då – var den bara nåt jag önskade och inbillade mej? Hon skrämmer mej inte riktigt lika mycket längre, nu när vi trots allt hållit i och tillochmed tryckt oss mot varann, men i gengäld känns det som att vi har en hemlighet ihop som vi knappt ens själva är medvetna om. Helena tar mej i handen när vi börjar röra oss genom skogen, tillbaks mot cyklarna borta vid Oscarsbron, och det är nästan som att hon fattar men att hon bestämt sej för att det är bra ändå. Eller att det åtminstone ska bli det.

En stund senare, när vi cyklar över bron, är jag ganska säker på att jag känner igen jeansjackan som gränsle över den ospeciferbara mopeden (Zündappram, Coloradotank, förlängd framgaffel och buffalostyre?) lutar sej över räcket på andra sidan. Men jag har så mycket annat i skallen att jag liksom bara noterar honom och vi är redan förbi, och jag tänker att jag kanske borde ringa vid nåt tillfälle.

Har visserligen ingen aning om vad hans farsa heter i förnamn men det borde väl ändå gå att lista ut vilket nummer det är i katalogen.

* * *

Sitter i bäddsoffan senare, med strumpfötterna mot soffbordet och bakhuvudet mot den brunbeigt storblommiga tapeten. Sveriges Magasin på nästan obefintlig volym, han den där bistre Gunnar eller vad han heter men jag är väl varken där eller nån annanstans. Egentligen.

Racet av halva tankar och omedelbart förströdda och borttappade infall, jag blundar och låter det larma. Och morsan kommer in och hämtar kaffekoppen, och när hon går tillbaks ut mot köket lägger hon en hand på min axel i förbifarten. Som hon gör ibland när hon inte kommer på nåt särskilt att säga.

I fönsterrutan i dörren till den franska balkongen ser jag speglingen av farsan som kommer ut från toaletten – vattenkammad, färdig för jobbet. I ögonvrån bilder från Björn Borgs senaste kvartsfinal i Paris, vad den nu har i Sveriges Magasin att göra – de ska kanske intervjua Bergelin eller Rosberg eller nån. Farsan gör en trött honnör åt mej i fönsterrutan och jag gör en tillbaks, och vi ler utan nån särskild anledning innan morsan skymmer undan honom när hon följer honom till dörren. Och det knäpper till i låset och han är borta.

När Martin ringer lite senare flyttar jag över till stolen vid fönstret mot den mörklagda parken mellan hyreskasernerna och låter teven skärma av mej från resten av lägenheten. Martin säger att han börjar känna sej lite skakis för spelningen på Parken och jag säger:

"Tur dente e Scandinavium da". Och han:

"Aa fast det e la egentlien ingen fara, det e ju änna den här sortens skräck man lever för!"

Och vi snackar en ganska bra stund om rampfeber och kändisskap och vitsen eller vitsarna med att spela i band överhuvudtaget ("Man kan dilla om konst å så å det behöver lante va lögn preciss men va e konst da om inte ett litte snyggare sätt å impa, samma som å spela boll egentlien, det hannlar om å impa på tjejer å polare å morsan å farsan å fastrarna, och sej själv kanske..."), och om hur mycket folk det kan tänkas gå in i den där paviljongen de tilldelats och när vi lagt på sitter jag kvar en stund och funderar utan resultat kring vilken sorts skräck jag själv går igång på. Tills det ringer igen.

"Hello boyfriend, va gör du?"

"Sitter me hann på lurn å väntar på du ska ringa."

"Du vet hur man gör va?"

"Vaddå?"

"Ringer själv."

"Aa, jo. Fast jag e litte blyg ju." Det är redan ett stående internt skämt och hon fnittrar till som beräknat.

"Du hörde om stenen va?" frågar hon sen men det gjorde jag ju inte:

"Nä vaddå? Vicken sten?"

"Hon Laila vettu, det va nån som slog ihjälna me en bumling först så jag hade rätt. Polisen har stenen, fast det går feståss inte å ta nåra fingeravtryck pån."

"Nä. Fast självmord går la helt bort då allefall."

"Jo."

Tystnad, eller andetag bara med varsin teve i bakgrunden.

"Du..." Hon anlägger en annan ton, och tvekar lite.

"Aa?"

"Visste du att Eva osså va kär i dej?" Jag är plötsligt tvungen att luta mej fram och koncentrera mej på att andas medan hjärtat rusar iväg.

"Eva? Nä, vardå?"

"Vaddå vardå?"

"Nä, jag menar närdå feståss."

"Innan vi ble ihop. Fast hon säger det gått över nu."

"Sicken tur."

"Aa. Fast jante så säker."

Tystnad i luren. Bara hjärtslagen, och jag är tvungen att svälja flera gånger men har sinnesnärvaro nog att täcka över mikrofonen med den lediga handen för att det inte ska höras.

"E du smickrad da?" Hon försöker sej på ett skratt men det blir mest nervöst fnitter.

"Det e klart, söta tjejer kan man lante få för många."
Jag hittar plötsligt attityden.

"Lägg av."

"Fast hon får ställa sej i kö feståss för jag e väldigt nöjd med den jag har."

"Men sluta, tror du jag går på sånt där." Varpå hon med ett skratt verifierar att hon faktiskt gjort det. Och jag funderar över vilken sorts kompisar de egentligen är som inte berättar sånt där för varann i god tid, men säger ingenting. För en sekund känner jag mej nästan lite förbannad men hinner inte ens ta i den känslan innan den är borta igen, och jag hör hur Helena andas och känner bara hur mycket jag skulle vilja vara hos henne. Inte bara för att slippa tänka på Eva.

"Ska vi tan promenad?"

"Litte sent va?"

"Än sen?"

"Morsan blir bara nervös, å jag har redan gått å lagt mej."

"Släpper du in mej genom fönstre da om jag kommer över?"

"Lugna ner dej nu, Frank - gå ut på toaletten å tvätta ansikte me kallt vatten å så går du å lägger dej sen me händera på täcke. Å ringer mej fräsch å utvilad imorrn efter frukost, åkej?"

"Sov gott, gumman."

"Å du."

"Aa vaddå?"

"Nä, ingenting. Du osså mena jag bara."

"Jaha. Jo, jag ska försöka."

"Det går nog bra."

"Efter frukost!"

"Efter frukost."

"Gonatt."

"Gonatt."

Och sen lägger jag på ganska snabbt för att slippa höra det där jobbiga klicket när hon lägger på först, och sen slår det mej med en gång att nu fick ju hon höra det istället. Varpå jag känner mej lite kymig och går ut på toaletten för att borsta tänderna, och jag hoppas att inte morsan tänkt se nåt mer på teven eftersom jag gärna vill gå och lägga mej.

Hon sitter vid köksbordet och lägger sin vanliga patiens, Pyramiden. Hon ser trött och ensam ut och jag kan inte låta bli att gå in och sätta mej mitt emot en stund.

"Går den ut?"

Hon ler lite men utan att lyfta blicken:

"Litte för ofta faktiskt. Det e junte det som e meningen."

Och jag ägnar nån halvminut åt att fundera över vad som i så fall kan vara meningen, men jag är för trött.

"Tänkte du redan lägga dej?" frågar hon, fortfarande med ögonen på korten.

"Tror det faktiskt." Och då håller hon upp en stund iallafall, för att se mej i ögonen. Hennes är grå och klara och lite våta, och jag tänker att det blonda håret redan är halvvägs över i vitt. Fast särskilt rynkig kan man inte säga att hon är – blek bara, med en slags inbyggd trötthet i all sin rastlösa rörelse.

"Jag sitter väl kvar ett tag. Du kan ju stänga köksdörrn om du vill för jag sätter nog på radion om en stunn."

Sen ligger jag i mörkret i bäddsoffan och känner mej taskig för att jag inte orkat hålla henne sällskap lite till. Anstränger mej att tänka på Helena istället, och vrider och vänder på huvudet varje gång Eva traskar in och ställer sej i vägen. Vill inte börja fundera, eftersom jag vet att jag inte skulle orka tänka färdigt.

Stoppar ner vänsterhanden i kalsongerna en stund, men drar upp den igen sen. Lägger mej på sidan och blundar rakt in i ryggstödet tills jag faktiskt somnar.

En smått hysterisk stämning den första veckan, och en slags allmän oro och nervositet som inte skulle lägga sej helt än på många månader. Allt det råa skämtandet förmådde inte dölja den rädsla och vanmakt som regerade efter det andra brutala mordet på kort tid. Vad var det som hände? Skulle man verkligen kunna komma undan med nåt sånt i en så relativt liten stad? Nån borde ju rimligen veta eller ana nåt som kunde leda till ett gripande – men dagarna gick, och efter den första vågen av nyfikna så avfolkades stigarna och promenadvägarna längs kanalen och fallfåran alldeles. En del av de mest avsides och otillgängliga stråken spärrades tillochmed av under en tid, och varningar för att promenera ensam sattes upp här och där.

Varken tidningar eller övrig media hade dock särskilt mycket nytt att rapportera så efter att ha ägnat en del tid och plats åt att kritisera polisarbetet blev det åter ganska tyst, och det kändes kanske lite grand som lugnet mellan stormar. Det var nästan som om man provocerade galningen att slå till igen.

Men inget uppseendeväckande hände och stadens befolkning styrde i stort sett vidare längs gamla hjulspår, och hade väl egentligen inga andra val – man kan ju inte utrymma och överge en stad på grund av en förmodligen ensam mördare som kanske eller kanske inte kommer att försöka igen. Man vänjer sej, det är som sagt en mänsklig specialitet, anpassar sej så gott det går till den nya faran och har i princip snart glömt varför man känner detta behov av att ständigt se sej över axeln. För dem som inte dör går livet onekligen alltid vidare.

* * *

Det är inte speciellt mycket fart och nerv på redaktionen heller, efter de första dagarnas vansinnesrusch. Det är den gamla vanliga musiken: det knarriga sviktandet i de uråldriga trägolven, mumlet från P1 på låg volym, det dämpade rasslet från teleprinterrummet, hostandet och harklandet från den igenkalkade kaffebryggaren, det mer eller mindre koncentrerade staccatoknattret av skrivmaskinerna, de återkommande plingen och påföljande radskiftena. Lenell sitter vid sitt bord och bläddrar i Expressen och jag sätter mej på den lediga pallen vid väggen snett emot.

"Har ni nån som recenserar Puch Dakota Trimmers på Parken på lördag?"

Han tittar upp liksom yrvaken och rättar till glasögonen innan han ler:

"Hej Frank. Vicka då sa du?"

"The Puch Dakota Trimmers, före detta Flänsen glänser, rätt nytt band uppifrån Stavre te om jag fatta rätt. Ska va duktia."

"Fast vi brukar junte recensera lokala småband vettu." Han sträcker sej efter den tomma kaffekoppen på bordet och tittar besviket ner i den.

"Jag vet, men det kanske vi borde – uppmuntra kulturlive litte."

"Låter ju rektitt feståss. Tat da om du har lust. Behöver du fotograf?"

"Trornte det, ska fråga om dom har nåra egna bilder. Annars lånar jag farsans kamera."

"Bra, men det får va klart alltihopa unner söndan."

* * *

"Nä, Martin harnte vatt hemma sen i morse men han kommer la när som helst. Sätt dej en stunn ska jag koka kaffe." Sonja, jag sitter i mitt vanliga hörn av kökssoffan och undrar om jag egentligen nånsin sett henne utan det där förklädet. Martins stillsamt energiska morsa – tror inte att hon jobbar särskilt mycket mindre än min egen men det verkar liksom inte ta på samma sätt. Hon är sällan lika grått hängig och urlakad, och aldrig så glansögt hjärtskärande.

"Så det e te å va me flickvän nu da", hörs Martins farsa inne ifrån vardagsrummet samtidigt som Sonja skopar ner kaffet i pannan och vrider igång plattan. "Jäkla Frank, helt förstörd över den ena å plötslitt ihopa me den annra. Fast man får la va litta smidi å slå te när chansen kommer, det e feståss helt rektitt. I den där åldern hållert ju nästan allri ändå!"

Känner hur jag rodnar, och har ingen aning om vad jag ska säga. Undrar också vad Martin egentligen berättat men bestämmer mej för att han knappast inkluderat sitt eget intresse för Helena i historien iallafall.

"Bry dente om den där tönten han e bara avensjuk." Sonja sätter sej ner och skjuter över brödkorgen med skorpor och jag sträcker mej efter smöret som om jag vore helt cool med mobbingen.

"E hon snäll mot dej da allefall?" Hon halvviskar frågan och tittar på mej lite under lugg, men visar inga tendenser till att flina så jag försöker komma på ett bra svar.

"Joda, hon sulle allri låta mej fara illa..." Försöker le lite med den kommentaren men känner mest hur det krampar i aniktet så jag låter bli – och då kommer leendet av sej självt istället!

"Å du da?"

"Vaddå?"

"Hur sköter du om na?" Hon rynkar pannan som om hon utmanade mej att vara uppriktig mot mej själv i första hand, eller så är det bara vad mitt förvirrade samvete får för sej.

"Jo", mumlar jag, förmodligen för att inte Martins farsa ska höra och avlossa nån ny glad syrlighet, "men det e så nytt än. Klart man gör sitt bästa allefall."

Varpå hon lägger sin torra svala hand över min där på den småklibbiga vaxduken, och kramar till en aning som att hon förstår. Och jag försöker koncentrera mej på att inte smula för mycket.

När Martin inte kommit efter en halvtimme bestämmer vi oss för att han förmodligen gått direkt till lokalen, och jag hasar över dit jag också.

Han kommer själv och öppnar efter att jag sparkat på luckan:

"Hur gick det?"

"Ingen match, jag sa ju det."

"Unnerbart! Har dun me dej?"

"Lugn, vi går ner så alla får höra."

"Fyffan va gôtt!"

Martin går och sätter sej bakom trummorna men utan att väsnas, och Lungan sitter i skräddarställning på mattan framför baskaggen och låtsas intressera sej för en lös sträng medan Jonny lutar sej mot betong-väggen längst in. För min del fiskar jag upp pappret ur bakfickan och vecklar ut det och fast de försöker se svala ut allihop kan jag känna förväntningarna som kittlande fingrar under armarna...

"Rubriken kan jante bestämma över själv eftersom det beror en del på hur många spalter det blir men jag tänkte föreslå nåt i stil me `The Puch Dakota Trimmers planar topplocket på Trollhätterocken..."

Martin och Lungan kluckar till medan Jonny nöjer sej med ett brett flin.

"Åkej: `Det var fullsatt på Folkets park när den nya lokala sensationen The Puch Dakota Trimmers hade premiär på sin nya show i lördags´..."

"Show?" garvar Lungan.

"Jag gillart" säger Jonny, "fortsätt!"

"`I ett halvår har man legat lågt, tackat nej till spelningar och arbetat på eget material. Resultatet är den galna action man i lördags chockade danspubliken på Folkets Park med´..."

Vissling frånn Lungan, och nån sorts joddel från Martin.

"`De som känner The Puch Dakota Trimmers från deras tidigare liv som Flänsen glänser minns dem nämligen som bandet som gjorde andras låtar så bra, som utvecklade och med fantasi och inlevelse helt enkelt gjorde dem till sina, men som saknade egen repertoar. Nu har man alltså inte bara fulländat den redan tidigare drivna liveakten, men låter den också domineras av egna låtar som inte är lovande men alldeles fullvuxna´..."

"Jävvlar va bra!" Lungan har lagt ifrån sej gitarren och sitter och trummar upphetsat med hälarna i golvet.

"Jag bara väntar på stället där han lovordar den nya textförfattarn..." Jonny blinkar åt mej, och jag fortsätter:

”´Låtar som Du är en avgrund, Fortare Jessica och Ta mej i kragen är säkra kort som med rätt lansering skulle kunna gå långt. Det handlar inte längre bara om glad och nödtorftigt polerad poppunk, men om tyngd och lätthet om vartannat, och en strävan såväl utåt som inåt´...”

”Vaddå, det där fattarnte jag...” Lungan ser ändå inte ut som om han väntar sej nån förklaring.

”I flummiaste lage kanske.”

”Ssssch, låt han läsa nu.”

”´Andra minnesvärda nummer är Får jag det sista, Det va du som börja och Jag vill bara härifrån - alla egna produktioner - samt Bostonlåten A Man I´ll Never Be som i TPDT:s kongeniala svenska tolkning inte förändrat sej mer än att den numera heter En man jag aldrig blir´...”

”Där kom det!” Jonny skrattar och gör tummen upp.

”Va e kongenial?” Lungan ser sej omkring.

”Skit samma, det låter bra!” Martin slår en liten virvel med pekfingrarna mot kanten av en av cymbalerna.

”´Kort sagt finns det hopp om svensk pop, och det kommer från Trollhättan. Så se till att inte missa The Puch Dakota Trimmers nästa spelning, det kan mycket väl vara nånting att så småningom berätta för barn-barnen om.´”

”Hehehe!” Lungan verkar nöjd iallafall.

”Fyller såklart på litte efter konserten sen...”

”Textförfattare å PR-man i ett...” Jonny ser inte heller missnöjd ut.

"Bra jobbat, Frank!" Martin reser sej och går för att inspektera kaffebryggaren, till synes samlad men röd i ansiktet och med glitter i ögonen.

"Åkej. Nu får ni bara se te å leva upp te rosera osså!" Jag viker ihop pappret och stoppar ner det i bakfickan igen, och drar mej mot dörren.

"Vi ska överträffat", myser Lungan.

"Vi ska ha GP å GT å komma upp te nästa spelning", säger Jonny och klappar mej på axeln.

"Ses på lörda da, efter lunch."

"Aa, senast."

"Hej."

"Hej."

Helena var bortrest den torsdagen och fredagen - hennes morfar ute i Hunnebostrand hade till slut tröttnat efter några års ryggläge och skulle begravas - och jag stirrade omkring i försommarstaden och kände mej löjligt nog ganska vilsen men försökte åtminstone åstadkomma nåt produktivt. Var på Folkets Hus på torsdagen och recenserade efter bästa förmåga Riksteaterns dubbeluppsättning av Fröken Julie och Den starkare, och på Metropol vid Drottningtorget lite senare för Sverigepremiären på Deltagänget, en underlig men ganska rolig collegefilm. På fredagen var jag på redaktionen ganska tidigt och skrev ut bägge texterna, och tog en lång promenad runt kanalen sen i gasset, utan att förlora mej ut i alltför öde terräng.

Gick förbi Helenas nästan som av gammal vana redan, och ner mot vattnet över smalspåren vid Lantmännens silo, och vidare längs den snåriga stigen genom det höga gräset mot Kanotklubben och Villa Elfhögs matt-vita gräddtårta uppe på kullen. Det blänkte ettrigt av sol i det annars som vanligt helt svarta vattnet som virvlade omkring mellan stränderna, och det rafsade av skatfötter i fjolårslöven under buskagen och viss-lade och kvirrade av mer obestämt fågelliv uppe i träd-kronorna – det var den där skönt nervösa känslan man får ibland om våren och försommaren, av att allting är så ljuvligt obestämt men möjligt och tillochmed troligt!

Att sitta på ett gammalt sprängblock just i vattenlinjen nedanför det öde caféet på Prästskedesholmen och känna hur den varma vinden drar över den svettpromenerade pannan.

Att kisa över mot den sömniga staden där på andra sidan – all slött slumrande asfalt och plattnött kullersten, all tålmodig väntan som var Trollhättan!

Man fick vrida på nacken fram och tillbaks och vänta en stund för att helt säkert få korn på nån - en pudeltant längs den grusade delen av strandpromenaden, just nedanför Odd Fellowshusets dovröda snickarglädje, eller en varutransport som långsamt backade in mellan containrarna bakom det gamla stadshuset; en handmålad blåvit Amazon som hostade iväg uppför Föreningsgatan eller aningen av ett segelflygplan som hastigt sänkte sej ner mot landningsbanan långt där uppe på Stallbacka.

Värmen i stenen, och i utsikten!

Att röra sej vidare sen utan brådska men ändå med en viss nyfiken spänst. Ner under grönskan just där Prästskedesholmen glider över i Spikön, och så en snabb rusch över vägen sen. På andra sidan var det ännu lugnare; mitt på den lilla ständigt övergivna Strömkarlsbron kunde man luta sej över det breda stenräcket och se hur den slöa trafiken puttrade fram och tillbaks över Spiköbron längre upp i älven, och fortsätta uppför trapporna och den branta asfaltslingan mot Strömsbergs vandrarhem och knuttimret vid Forngården och de gamla skolutflyktskänslorna där sen, för att inte återvända nerför backen igen förrän alldeles svettig och åtminstone tillräckligt trött i skallen också för att kunna sätta sej på en eller annan bänk med utsikt över stan utan att omedelbart överfallas av frågorna och kraven på tydlig riktning och fasta beslut. Vad skulle jag för övrigt med sånt till i min ålder?

Ett bara lätt och tunt brus som stiger från samhället under mej, dämpade hammarslag i fjärran och det matta plingandet från bommarna vid Klaffbron. Tänker för hundrade gången på vad Sverker slängde ur sej under nån av de sista lunchrasterna, det vanliga påtvingade gänget samlat runt den innersta av alla de brungröna perstorpsplattorna i bamba, med varsin lingonsyltad skosula och ljummen mjölk: "Grattis Frank, hörde du fått omkull Helena Johansson – e det la bara Flashen som lyckats me innan!"

Rökarna som ringlar mot junihimlen i norr där skorstenarna på Stallbacka sträcker på sej och flåsar fast ljudlöst. En söndagsseglare som passar på och glider i svallvågen av ett större containerbelamrat fartyg in mellan de öppna klaffarna. Bilarna som väntar, och en del cyklister. Jag reser mej, förmodligen i hopp om att Sverker ska bli kvar på bänken. Skuttar ganska raskt tillbaks nerför backen mot trapporna och bron, samtidigt som bommarna plingar upp igen.

Tänker att det var ju visserligen bara snack det där men ändå, det är nåt annat som stör mej och jag har faktiskt tillochmed en aning om vad det är. För önskar jag inte nånstans att det ska ligga nåt i den där slappa löjligheten? Gör den mej inte faktiskt mer upphetsad än upprörd?

Går hem och sitter med morsan i den kvällssol som letar sej in genom den öppna balkongdörren till parketten sen. Hon bläddrar i en gammal Husmodern och kommenterar det ena eller andra emellanåt, och jag brummar väl bekräftande utan att lyssna särskilt noga. Blundar och lutar mej bakåt och känner att det för stunden är bra så.

* * *

På lördagen är jag med grabbarna på Parken ganska tidigt, och hjälper till att rigga. Sen hojar jag upp till Helena och käkar.

"Känner på mej det kommer bli rektitt bra!"

"E dom nervösa?"

"Såklart, fast bara lagom."

En ny variation av Helenas Special: makaroner med smält cheddar och nymald svartpeppar och lite men bara jättelite ketchup, mest som för att få roligare färg. Och vi går upp till hennes rum sen och ligger på sängen och låtsas läsa Rip Kirby i Seriemagasinet medan det slitna blandbandet med Smokie och Bee Gees och

Village People och Anita Ward (Ring My Bell) kärvar runt i bandaren, och blodet skjuter fart igen när jag sneglar på henne under det mjuktummade tidningspappret. Och vi hånglar en stund men jag känner mej lite bränd och låter så att säga henne föra, och rätt som de tär har vi hånglat bort fyra timmar och jag är alldeles öm i läpparna och vi måste börja göra oss i ordning.

Hjulkvarnelund i juni, alla vildvuxna buskage som liksom väller ut över halva trottoarerna. Hammockarna monterade och grillarna utplacerade, och tillochmed så att man anar hur det klirrar här och där i bersåerna längst upp i de ibland ganska rejält tilltagna trädgårdarna som klättrar runt över kullarna. Inga märkvärdigt stora hus, om än flitigt tillbyggda och utökade med tillvuxen ekonomi, men gott om plats runtomkring. Aplar och plommonträd lutade mot varandra vid sidan av de små potatislanden och rabarberstånden. Vackert ärgande solur på krackelerade mossbelupna cementsocklar, och skuggorna som till slut börjar treva så smått över det hela.

Helena har dragit på sej sina tajtaste mest urtvättade jeans och en gammal sladdrig men helt okej Fruit-of-the-loom-tröja, och hon har en gräddvit poloylletröja som hon stickat själv knuten runt höfterna och till hälften bortnött nagellack på tånaglarna som sticker fram i sandalöppningarna där nere. Släntrande genom den varma nästan helt ljuddämpade idyllen mot Folkets Park med en låtlista i ena handen och denna lätt rodnande uppenbarelse i den andra känner jag mej plötsligt nån decimeter längre än i morse, och måste vända mej bort för att hon inte ska fråga vad jag flinar åt.

På Folkets Parkering har det redan börjat samlas en del bilar, möjligen för att de vill ha bra platser eller helt enkelt för att det är där de brukar träffas. Det är de stora nercabbade amerikanska plåtlådorna med Eddie Meduza och Hurriganes och American Grafittiplattan i bilhögtalarna, upplandade med en del mindre så kallade blöjraggare i Volvohundrasextifyror eller Epatraktorer med Torsson och Nationalteatern på kassetterna, och det är pissande gällivarehäng i buskagen och jeans-jacketjejer som vinglar fram och tillbaks mellan bak-sätena i högklackade skinnstövlar. Vi håller oss så undan som det går när vi passerar upp mot ingången.

Och där står de bägge två på den där ödesdigra bilden, med bara några meter emellan sej – Helena springer bort till Eva medan jag lyfter handen och går för att skaka tass med Reine, och sen presenterar vi dem väl för varandra.

"Reine gick i min klass på lågstadie", förklarar jag.

"Jag vet", säger hon och ler mot honom på ett sätt som nästan gör mej lite upprörd, "jag kommer ihåg han."

Reine säger för sin del knappt nånting men går bort och låser mopeden med ett rejält bygellås rakt igenom bakhjulet innan vi går in. Vakten känner igen mej från tidigare och bryr sej inte om att ta betalt av de andra heller.

Bara spridda grupper där inne än så länge, huvudsakligen av mogendansare med begynnande hängbukar och flyende hårfästen. Jag säger till Reine att det var kul att han kunde komma och han mumlar att varför inte. Och Helena som inte hörde frågar honom vad han sa och han säger:

"Nä, ingenting."

Tjejfnitter på det, fan också att de inte kan låta bli. Jag hör hur Helena och Eva viskar och tisslar om nånting snett bakom oss, och försöker snabbt komma på nåt mer att säga till Reine för att det inte ska bli jobbigt.

"Tror jag såg dej nere på Oscarsbron en dag, du stog å blega över räcke som du tappat ner nåt..."

"Asså, nä. Men det e snygg utsikt där."

"Jo..."

Han ser på mej, men plockar bort blicken igen innan jag hinner möta den.

"Man får änna lust å flyga på såna ställen..."

"Aa?"

"Man kollar fåglarna som svänger under en som omväxling, i mjuka cirklar. Har du tänkt på det?"

"Vaddå?"

"Fåglar hetsarnte mycke – om dente e en falk som fått korn pån mus eller nåt, ellern tärna som dyker rakt ner i vattne eftern spigg."

"Fan, e du fågelskådare da?"

Han tittar på mej igen, men än en gång är jag för sen med att vrida på nacken.

"Skådar la litte av varje..."

Helena och Eva slår sej plötsligt ner på en bänk där under en av de feta tunga lönnarna mellan paviljongerna, och Reine och jag blir stående lite fåraktigt strax intill.

"Coolt..." säger jag utan ett ha en aning om vad jag egentligen syftar på, och han svarar inte heller. Vi bara står där och vrider lite på varsin skalle som om ingenting var intressantare än de där mogendansarna som rör sej fram och tillbaks mellan paviljongerna med halvdecimetertjocka plånböcker nertryckta i bakfickorna och hastigt växande svettringar under armarna redan.

Inne ifrån dansrotundan hörs musiken men den är inspelad än så länge, och på ganska låg volym. Ändå kan man skymta ett och annat par som svänger runt därinne.

"Har du vart uppe ve Brotte nån gång?" Blicken i tinningen, som återigen svänger bort just som jag ska ta tag i den.

"Brotte? Nä, vaddå, va e det?"

"Rena Grand Canyon, uppe på Hunneberg. Gammalt stenbrott, jag brukar åka upp me gamla bildrör å sånt. Man får kånka en bit men det e värt besväre. Se dom singla ner där unner vet ente hur många sekunner, å så smällara sen, å splittert som änna nästan skjuter hele vägen upp igen..."

Han ser faktiskt lätt drömmande ut, och det är inte utan att jag ser det framför mej också. Ändå måste jag ju tänka att vi inte gått åt alldeles samma håll. Tänker att vi som var så lika, eller som åtminstone trodde det, och nu är vi såna här...varsin luring på varsitt sätt.

"Säg te nästa gång så hänger jag me."

"Tystnad en stund igen, som avbryts av Evas och Helenas fnitter. Jag vänder mej om och frågar vad det handlar om.

"Nä vaddå, ingenting!" Eva rätar upp nacken och är lite rödmosig men stöddig nog:

"Eller, vart tog du vägen egentlien Reine? Skoftebyn va det?"

Han tittar inte på henne när han svarar:

"Aa."

"Vardå nånstans?"

"Aa, mitt i ungefär..."

Det är lite komiskt det hela: Eva där som en slags ovanligt söt skjutjärnsreporter och Reine som fortfarande tittar bort ifrån bänken och ut över gräset och gångarna och dansbanan längre bort mot centrum av parken. Som Ingemar Stenmark nästan, som vet att han måste svara men så uppenbart inte har nån egentlig lust.

"Kunne mante få komma å hälsa på nång gång?" Jag får nästan hicka när jag hör det, hon går för långt. Och jag kan inte ens säkert avgöra om hon flirtar eller driver med honom.

Förmodligen har han samma dilemma, för han säger ingenting men liksom låtsas att han inte hört frågan. Och Eva muttrar till Helena där bakom mej:

"Antar inte..."

Vi går in till Puch-trimmarna sen och hänger ett tag runt scenen i den än så länge helt öde konsertpaviljongen. Martin är kanske lite störd av Helenas närvaro, men det är det isåfall förstås bara jag som känner av. Han sitter och skruvar med cymbalstativen och drar iväg nåt litet solo emellanåt utan att kommunicera mycket mer än så, och ser cool ut helt enkelt. Och Jonny och Lungan verkar också ha gått in i nån slags rockstjärneidentiteter nu för de bara hostar och harklar och lägger iväg plötsliga långa loskor ut i kulisserna, och sysslar med sitt.

"Kommer tebaks nån kvart innan da", säger jag, "så ninte stressar upp er."

"Halvtimme e du hyggli, så vi hinner testa litte det sista."

"Kejda."

Och då är det faktiskt mindre än en timme kvar. Vi strosar runt längs gångarna och försöker intressera oss för annat än den interna dialogen, köper dricka och varmkorv och står utanför avbalkningarna vid danspaviljongen där Flamingokvintetten intagit scenen nu och dansgolvet är åtminstone kvartsfullt. Det har fyllt på ganska bra runtom på bänkar och gräsmattor också och musiken mullrar och svänger och jag börjar känna hur pulsen stiger med det tilltagande dunklet. Håller om Helena bakifrån och kysser henne i nacken, och låter Eva och Reine klara sej själva en stund eftersom ljudnivån ändå ursäktar en hel del tigande.

Vet inte om jag helt säkert kan skilja på förvirring och förälskelse längre, vet bara att jag tycker om henne, att jag tycker om att hålla i och ta på henne. Tycker om det lätta kittlandet av hennes nackhår i näsan, hennes svala fingertoppar mot mina handleder eller mina tinningar, lusten att komma ännu närmare, liksom ännu mer intill.

Bara att stoppa händerna i hennes bakfickor när hon vänder sej om, och trycka henne mot mej. Bara det att jag vet att jag får, att jag inte behöver tveka, att jag på nåt sätt redan hör hemma där, att jag är inbjuden och välkommen – det kanske iochförsej kunde varit likadant med nån annan, men hur ska jag egentligen kunna veta det?

När det är dags att gå tillbaks till bandet överlämnar jag ändå Helena i Evas och Reines vård efter att ha gjort upp om att ses utanför sceningången efter spelningen. När jag vänder mej om efter några meter ser jag hur bägge tjejerna liksom attackerar Reine med påstridigt intresse, och hur han för sin del tittar åt ett helt annat håll och förmodligen muttrar nånting enstavigt.

Vet inte riktigt hur jag ska beskriva spelningen men det är helt fantastiskt. Känner mej lite som rockstjärna själv fast jag bara står där på knä bakom ett av de jättelika bashornen och fejdar mellan röda och gröna och gula och blå spotlights, och den stora vita avskärmade strålkastaren som vid ett par tillfällen i de lugnare låtarna dränker Lungan i ljus och på köpet försänker de andra i mörker.

Ser inte mycket av publiken heller men hör dem, och har väl för övrigt föreställningsförmåga. Dessutom ser jag på Lungan och lite grand på Jonny och Martin också att det är rejält med folk på plats, det syns liksom i de glansiga ögonen och den hyperenergiska spattigheten, och hörs på de lite småfåniga men ganska charmiga fast egentligen helt meningslösa mellansnacken.

"Aa, så kan det gå om man tassar för länge på tå, vaffan det nu ska betyda... Här e allefall en helt annan historia - en två tre fyr!"

"Bättre kan det lante sägas eller? Tro hopp å tvärstopp! Fast vi ger oss feståss ente - en två tre fyr!"

Jonnys basslingor som stöter mej i revbenen och Martins ettriga puksmällande som liksom resonerar inne i skallen - och Lungan står som vanligt på tå nästan hela konserten, som om det inte vore lättare att sänka mickstativet en aning, och river gällt och hetsigt och ganska underbart i både orden och gitarrsträngarna.

Det är en formidabel succé helt enkelt, och inte bara ur min synvinkel. Publiken är med på noterna nästan från start fast de flesta inte rimligen kan ha en aning om vad det är för band de kollar in. Om det till en början mest handlar om en slags fylleglad allmänentusiasm så känns det på det eskalerande bifallet mellan låtarna som om respekten bara blir nyktrare och nyktrare, fast alltså utan att för den skull bli blygare. Särskilt den lilla hårt hoppande och dansande gruppen framme vid scenkanten håller stämningen uppe och till slut är det tillochmed så att grabbarna får göra ett extranummer.

Fast eftersom de redan gjort av med alla repade låtar blir de tvungna att reprisera en så det blir inte fler inropningar sen.

Som om de kunde bry sej.

"Fyffan va...rolitt..."

"Det e det här jag e gjord för, det kan jag änna säga nu!"

"Jag tror faktiskt osså du e det!"

"Bra jobb me ljuse osså, Frank. Rent blännande..."

Helena och Eva står och väntar i bersån utanför sceningången sen men Reine syns inte till, ens på avstånd.

"Din kompis asså, skulle du säga att han e blyg eller bara litte konsti?" Eva förhör sej, med huvudet en aning snedställt på det där viset som gör att jag måste titta nån annanstans för att kunna samla tankarna och orden. Möjligen på samma sätt som Reine varit tvungen att helt ignorera henne för att alls hålla sej upprätt, slår det mej.

"Vaddåra, var har ni gjort av han?"

"E la just det, han tog första bästa chans å försvinna i vimle..."

"E la inge me han. Han kanske förlora sej i musiken..."

"...eller så tyckte han dina förhörsmetoder va i jobbiaste lage." Helena fyller i som om hon läst mina tankar i förväg.

"Vaddå förhörsmetoder..." Eva ser ändå ganska skuldmedveten ut, och för min del släpper jag gärna ämnet.

"Söt ändå, eller hur?" Helena armbågar Eva i sidan på ett nästan lite Martinskt vis, och tycker för sin del att ämnet tål att slitas mer på.

"Han gör junte ont å titta på allefall..." Eva kan också knepen för att undgå mobbing, och Helena vänder sej till mej istället:

"Söt å blyg, var har jag hört det..."

"Dente blyga vi e, som jag redan förklarat, men luttrade å försiktia."

"Just det ja, det va så det va..."

Och sen pikar vi Eva lite till tillsammans, detvillsäga Helena matar på medan jag backar upp med en del ansträngda leenden, tills vi skiljs åt ute på Folkets Parkering i den skrålande motorvarvande högtalarspräckta juninatten. Eva rullar iväg på minicykeln nerför backen mot y-korsningen ovanför Kungsporten medan Helena och jag vinglar ihopslingrade in i det varmt syrenprasslande Hjulkvarnelundsdunklet igen medan musiken och skratten klingar av till ett enda bakgrundsbrus bara.

Helena, med ylletröjan på sej nu, att vinkla in handen i midjan under. Helena, att trycka upp emellanåt mot en eller annan strategiskt placerad carport eller telefonstolpe. Värmen i hennes nattsvala öronsnibbar, glädjen i hennes snabba hala tunga.

Knappt ens att jag alls minns Eva där, och då. Och ännu mindre anar jag förstås att jag inte ska träffa

henne igen innan hon förvandlats, innan omständig-
heterna i allt väsentligt gjort en annan av henne.

Hur skulle jag kunna det?

Sommarlov, småstadsjuni. Ingen gängbildning utanför gymnasierna och Odengallerian längre men ett stilla sus och övergivet prasslande bara i de högresta träden i Kungsgatsallén. Och längre ut i utkanterna är det förstås ännu sömnigare. Industrisemestern har förvisso inte dragit igång ännu men de ungar som är kvar i stan fyller antingen gräsvidderna runt utebassängerna på Älvhögsborg, eller så har de cyklat iväg till Phoenixbadet vid Öresjö. Förmodligen, jag kontrollerar inte saken men spekulerar utifrån erfarenhet. Och Martin sitter nere i källaren på Håjum och smattrar men Helena har inte mycket annat för sej än mej (Eva är tydligen på scoutläger uppe i Dalsland de där veckorna, vilket jag av nån anledning tycker känns lite rörande, utan att jag därför kommenterar saken) så vi gör en del utflykter på tu man hand.

Cyklar till exempel upp till Igelsjön på Hunneberg och sitter soltorkande på granithällarna, hör hur tystnaden andas i grantopparna runt det lilla svarta vattnet. Vi är ensamma kvar, alla andra är borta, det är upp till oss att börja om från början, och ändå tar jag knappt i henne. Hon är för naken i den där lilla svarta bikinin för att det ska vara riktigt hedersamt att försöka. får jag för mej.

En annan dag är vi nere vid Kvarnvattnet söder om Öresjö, halvvägs till Hjärtum. Det är ännu ett av alla dessa mörkt blickande ögon där i de djupa skogarna på gränsen mellan Västergötland och Bohuslän, och jag ser till att åtminstone fotografera henne ordentligt – har lånat farsans Leica och skjuter iväg nästan en hel rulle med Helenas barfotabalanserande på de barrströdda klipphällarna. Ett rosa skrubbsår på vänstra knät, och de mjuka ännu inte alldeles solbrända höfterna. Håret som trasslar ut i den vackraste kastanjebruna hästsvans. Rosor på kinden och solsken i blick.

Och hon ligger på rygg med armarna utefter sidorna, vänd mot solen, puttrande liksom, och jag ligger stödd på ena armbågen intill och tittar på henne ganska ogenerat. Har väl aldrig egentligen begripit det där med solande men står enkelt ut med att ligga där bredvid. Försöker begripa vad jag ser, försöker separera känslorna hon väcker inuti. Kåtheten förstås som mullrar omkring ända från knäna och upp mot bröstvårtorna ungefär, och som gör det svårt att rätt urskilja nåt annat, men det är verkligen inte allt. Det är inte den som ger mej hicka, det är inte den som sitter som en svidande klump av fastkilad pepparkaksdeg just bakom adamsäpplet. Det är åtminstone inte bara den som förvirrar.

I det skarpa solljuset kan jag se hur porerna i hennes näshud öppnar sej och andas, och jag kan lägga min egen solkrämade snok tätt intill hennes och låta fnittret och kyssarna störa bort tankarna i den mån jag har

några värda namnet. Varpå vi klär på oss och tar om-
vägen runt Öresjö hem till stan, det tar ett par timmar
ungefär och vi stannar två gånger och hoppar i plurret
igen. Låter den heta fartvinden dra fukten ur håret.

Och jag träffar hennes morsa en del, nu när hon gått
på det första av sin semester. Hon verkar lite hård till en
början men jag kommer snart underfund med att det
bara är en slags charad, utan att därför kunna avgöra
vad den ska vara bra för. Hon kanske är blyg fast så
mycket äldre, det kanske inte är knepigare än så. Och
hursomhelst lägger hon sej bara ganska lagom mycket
i sin dotters leverne såhär under lovet - sitter mest i en
solstol mot väggen på baksidan med korsord och P1,
och efter ett tag ler vi mest utan särskilt många ord åt
varann när vi ses.

Trollhättan, sommarlovsstiltjen, all den mjuka slitna
asfalten sviktande under rågummisulorna, och de allt
kvavare vindarna som vispar ner från industrierna på
Stallbacka, in över småhusen och hyreskasernerna runt
centrum. Förbommade lekskolor, varvande och alltid
avlägsna gräsklippare. Övergivna tennisplaner med
slackande nät och sårig asfalt. En slags tillvaro vid sidan
av den vanliga och vana, och jag tror att det förmod-
ligen hade gjort ganska ont att vara kvar i stan om inte
hon också varit det.

"*Kunne* ju änna vart i England nu om dente vart för dej."
Hon ligger på rygg intill mej i sängen i hennes rum

på övervåningen och fönstret står på vid gavel mot trädgården men musiken håller ändå samtalet ganska privat. Hon rullar av askan från cigaretten mot sargen av askkoppen hon har på magen och för min del har jag det sista av en skiva barkis med hushållsmedwurst i munnen men tuggar undan det värsta:

"Vaddåda?"

"Höll på å tjata på morsan hele vintern å sen va hon me påt da, språkresa te Bournemouth eller Brighton eller nåt, å så dyker du upp din jävel!"

Är tvungen att smälta det där lite medan 10cc tonar ut och Brian Chapman tar över. Save me, take me away to the moonlight, the people around here don`t feel right...

"Dente sant..."

"Trot om du vill."

"Men varför..."

"Vaffan tror du."

Hon ställer ifrån sej askkoppen på grammofon-locket och rullar över på sidan och drar mej till sej. Min underläpp sugs in i hennes mun och hennes fingrar gräver i min hårbotten. Och jag suger såklart tillbaks, och gräver både här och där.

Försöker ibland förstås, men mest utan att tänka mej för, eller innan jag hunnit. Det är väl som påminnelser kanske, fast mindre uträknat – det är ju hursomhelst redan alldeles givet att initiativen är hennes att ta om de alls ska tas. Och plötsligt en dag.

Det är en onsdagseftermiddag med "Örnnästet" längst bak i de manchesterröda hångelsofforna på Röda Kvarn på Garvaregatan och ett på flera sätt sällsynt illa valt tillfälle. Richard Burton och den unge Clintan har alltmer att göra i de sydtyska bergen och det är inte utan att jag gärna vill se vad som händer när hon - kanske just därför? - sprätter upp knappen i mina byxor och drar ner blixtlåset och plockar fram en föralldel glad men till en början ändå mest förvånad del av mej.

Hör hur hon fnittrar liksom fnysande för sej själv i mörkret intill, men bryr mej inte om att tolka ljudet.

Känner hur blodet rusar från huvudet till en plats där det tror sej behövas bättre, och det är väl för några sekunder inte långt borta att jag svimmar.

Helena, herregud jag vet inte hur länge det varar men att det snarare handlar om sekunder än minuter. Att hennes fingrar kan göra sån skillnad – på ett par ögonblick har jag inte bara glömt vilken film det var jag intresserade mej för men dessutom var jag befinner mej och när. Inget annat existerar överhuvudtaget än hennes mjuka svala fingertoppar, doften av hennes schampoo (äpple såklart), värmen på insidan av hennes högra jeansklädda lår under min krampaktigt ryckande vänsterhand.

Hon får fram en pappersservett ur fickan sen, att torka av oss med, alltmedan jag svettig och pulsriden famlar efter en begriplig tanke att hålla i. Och det sneda vita solljuset på gatan sen gör egentligen ingenting tydligare, men erbjuder åtminstone en del någorlunda vana illusioner att en aning späda ut den generat överlyckliga förvirringen med.

* * *

Hemma är det som vanligt, detvillsäga farsan sover ganska länge om förmiddagarna medan morsan stökar omkring bakom alltid stängda dörrar med nerskruvad melodiradio för att inte störa honom. Mest hålls hon i sitt hörn vid köksfönstret med den gamla mjukblandade kortleken från Stena Line och högen av veckotidningar. På diskbänken strax intill står bryggaren konstant gurglande och jag häller upp en kopp och klämmer mej in på kylskåpssidan.

"Tan promenad vettja", säger jag, "det e hur skönt som helst ute."

"Kan tänka mej det, fast pappa vaknar nog närsomhelst nu."

"Ska ni göra nåt?"

"Han ska la på Edsborg som vanlitt. Å jag kanske följer me."

Just det, IFK har hemmamatch, och fortfarande hygglig chans att nå kvalet.

"Glöm inte nåt å sitta på bara, bänkara ente rolia framåt annra halvlek."

"Tror dunte jag vet det vid det här lage. Vasker." Hon ler sitt omärkligaste och kliar sej i ögat med en knoge:

"Va har Helena för sej da?"

"Väntar på jag ska ringa förmodlien."

Hon ser mer förvånad än arg ut:

"Men hördu. Va e det där för korkstyveri."

"Det vante menat som det lät."

"Hoppas jag verklien. Va du snäll mot dom flicker som står ut me dej för det finns allri nåra garantier att nån annan kommer å göra."

"Jag gillar Helena, hon e bra. Du missuppfatta mej."

"Bra va?" Jag får en sned blick över kanten på kaffe-koppen. "Va rart det låter..."

Jag vänder mej om och tittar på klockan på väggen ovanför köksdörren. Sekundvisaren står som alltid och hoppar nere vid fem i halv.

"Hälsa farsan vi ses imorrn da, trornte jag e hemma innan han sticker."

"Visst."

Morsan, som låter korten falla ner bland varandra i evigt nya kombinationer. Hon ser på händerna medan de arbetar men är ändå inte riktigt närvarande, de sköter sej egentligen helt själva.

När jag hukar i hallen för att snöra på mej skorna hör jag som vanligt hur farsan hostar och rosslar i sömnen inne i sovrummet.

* * *

Försöker utan framgång ringa till Reine vid ett par
tillfällen. Första gången - ett par dagar efter konserten
- är det ingen som svarar överhuvudtaget och andra
gången framåt midsommar är det hans farsa eller
möjligen hans brorsa som snoppar av och lägger på
luren i örat på mej. Jag har god lust att ringa upp
igen och leverera några väl valda fraser, men inser att
vederbörande förmodligen inte kommer att låta mej
tala till punkt iallafall och bestämmer mej för att garva
och glömma. Cyklar över till Helena, och vi går ner till
Lantmännens och badar.

"Så du harnte snacka me han sen Parken da?" Hon
plaskar ut en bit i farleden och ligger där på rygg sen
och trampar med hälarna medan jag håller mej inne
vid kajen för att lite obemärkt pissa under vattnet, fast
nerströms om Helena förstås.

"Har bara försökt ett par gånger. Fast han kunne ju
osså höra av sej feståss."

"Du trornte han vart sur för nåt da?"

"Va skulle det va?"

"Vet lante jag, dente min kompis."

Inte min heller, är jag på vippen att säga, men
hejdar mej. Vi är visserligen inte särskilt bra eller nära
kompisar, men nånstans ska man ju börja. Och även om
jag inte kan säga att jag begriper mycket av honom så
känner jag mej ändå rätt säker på att jag skulle kunna

göra det om jag bara såattsäga fick nåt att arbeta med. Hur man nu kan känna nåt sånt.

"Nä, sur e hante. E la barante så mycke för å snacka i onödan."

"Onödan? Å när e det nöditt da?"

Jag svarar inte men häver mej upp på kajen via en av de gamla rostiga förtöjningsringarna som hänger nån halvmeter över vattnet, och sitter sol- och vindtorkande på kanten sen med tårna droppande över vattnet. Och minns:

"Skulle faktiskt gärna gå på Parken igen på lördag, på Ted."

"Just det, syrran å hennes kille unnra om vinte skulle me. Han e änna gôtt nyfiken på dej vid det här lage..."

"Vaddåda?"

"Syrran har la berätta va söt du e, så han vill kolla själv! Han säger han måste godkänna dej innan du får fortsätta va ihop me mej."

"Jaha. Fast då får han fan köpa ut osså, annars kan han fortsätta unnra."

Det är en liten nätt flaska med genomskinligt innehåll och en ganska snygg vikingabåt på etiketten, med andra ord inte nån överdrivet avskräckande uppgift ens fast vi är sena till hennes syrras killes föräldrars lägenhet på Storegårdsvägen – varför jag inte har mycket mer än tjugo minuter på mej innan vi måste börja gå.

Det är väl snarare tur att jag har den där flaskan att ty mej till när Helena och hennes snällt leende liksom beskyddande storasyster och hennes kille försvinner in i sin tidigare bekantskap. Det är förstås ingenting de gör med flit, det bara blir så när folk som känner varandra träffas – övriga hamnar som av en naturlag en liten bit utanför.

Hennes syster är väl fyra eller fem år äldre, och killen ytterligare ett par. De verkar tajta och hyggliga, småleende som sagt men inte på nåt huvudklappande sätt och jag känner mej ändå ganska lugn i mitt hörn. Och Helena som till en början är sådär studsig och flamsig som hon normalt aldrig är - jag antar att hon automatiskt fallit in i nån gammal lillasystersroll - lugnar plötsligt ner sej efter ett tag som om hon fått syn på och vänligt hutat åt sej själv, och då är jag för min del redan på god väg nånstans där vare sej det ena eller det andra har nån större betydelse, om jag ens uppfattar det.

"Lägg på litte virke föffan, det där går junte." Jag ser hur Peter lyfter lite på ögonbrynen och ler för att neutralisera den stöddiga tonen, men jag förstår inte ens vad han menar. Det står en tvåliters cola på bordet men jag gillar inte cola och tycker inte att vodkan smakar särskilt besvärligt så varför krångla till det:

"Det e lugnt, jag tycker det e goare som det e", flinar jag erfaret och tar en klunk till direkt ur röret. Det bränner kanske till lite i halsen, men värre än så är ju faktiskt inte lidandet. Tänker att om jag håller andan under drickandet så går det nog utan vidare att göra av med flaskan på en kvart.

Bakåtlutad i den enorma hörnsoffan med drickat nerkört mellan låren, försöker väl se ut som om jag lyssnar eller tänker på nånting och tar en sipp emellanåt mest som för att frånvarande släcka törsten. Peter har lagt på en platta med nån som heter Bruce Springsteen, och håller låda om den: Bruce Springsteen slarvar inte iväg vadsomhelst för pengarnas skull men ser till att det blir rätt, har tydligen jobbat i flera år med nya skivan och är fortfarande inte klar. Och vi lyssnar alltså på den förra och jag tycker det låter rätt segt och önskar han ville lägga på Hurriganes eller Rory Gallagher eller tillochmed gammal Sweet eller Slade eller nåt istället.

Och vi bryter upp och traskar iväg mellan de prunkande buskagen längs Stamkullevägen, ner genom Stavre, bort mot sommarnatten. I höjd med BP är jag klar med kvartingen och låter den blänka en dyster båge mot skymningen för att splittras i några dussin vackert skimrande skärvor mot trottoaren på andra sidan den öde gatan - uppfattar hur Peter och Helenas syrra sneglar oroligt medan Helena tar mej under armen just i tid för att hindra mej att slira ner i diket.

Det är ju faktiskt fan vad de ser gravallvarliga ut, jag kan inte låta bli att fnittra där jag vinglar fram, men avhåller mej ändå från kommentarer.

"Vi får lägga påt kol så vi kommer in innan han trillar omkull..." Peter höjer farten och jag känner hur irritationen får mej att nyktra till nån grad igen. Vad är det för snack, som om jag inte själv väljer när det är läggdags. För att visa vad jag går för sträcker jag ut stegen så att jag faktiskt tar täten ner runt kröken på Tunhemsvägen, fram förbi Stureplatsen och Egnahemsskolan, taktfast visslande på signatur-melodin till Hylands hörna för att ytterligare under-stryka vilken kontroll jag har, ättling till garvade bohusländska stenhuggare och fiskare. Och jag hör hur de mumlar bakom mej.

Mörker, en längre lucka där jag bara anar att jag står på knä i en eller annan trädgård, varpå jag mirakulöst skrider uppför asfaltgången på rätt sida om vändkorset. Helenas koncentrerade viskande i mitt vänstra öra, och doften av henne, och killandet av hennes vita ylletröja i näsan. De andra som avvaktar lite längre fram, och grupperna av glatt kluckande skrålande gäng i dunklet under de tunga lönnarna.

Eva där nånstans i periferin, eller inbillar jag mej? En dansbandssaxofon som småspricker bakom den förnöjda sångarens barytonblaffor. Benen som viker sej, jag orkar inte ens hålla mej kvar på bänken där hon satt mej. Helena, och oron i hennes flackande blick. Den svartvita 245:an som backar upp, och utsikten från insidan sen: Helena, fortfarande, uppgivet stirrande efter mej där jag rullar iväg. Sluttande axlar och ledsna ögon. Mjuk, tänker jag, varm... Jag kanske faktiskt älskar henne, tänker jag, innan allt blir svart.

Ja, jo, och sen vaknade jag på linoleumgolvet i cellen frampå morgonkvisten, inkrupen under den väggfasta britsen, förmodligen för att något skärma av det intensiva takljuset. Nerspydd, stel och ledbruten. Lite ledsen förstås, men mest av allt förvånad.

Ringde på interntelefonen några gånger utan resultat. Det var inte dags för mej än, fick jag veta innan det bröts. Och jag vankade fram och tillbaks och satt på britsen med skallen i händerna ett par timmar innan jag blev hämtad.

En trött konstapel bakom ett litet träbord plockade fram mina nycklar och en del annat skrafs man lagt beslag på, och lät mej kvittera. En ännu tröttare tant från Socialförvaltningen sen som gav mej ett papper att fylla i innan hon visade ut mej i garaget där ytterligare ett par konstaplar pekade ut den olåsta porten:

"Å hjärtlitt välkommen tebaks!"

Den långsamma promenaden hem genom Hjortmosseskogen och vidare över Tingvalla, famlande efter balansen fortfarande, kryssande längs trottoarerna med morgonmåsarna och det skarpa låga bakfylleljuset skärande och snittande genom frontloberna. Blev stående ett tag i trappan sen för att samla mej innan jag petade in och vred om nyckeln, men eftersom jag skulle ha sovit hos Helena var det dessbättre ingen som satt uppe och väntade.

Smög av mej skorna och låste så ljudlöst som möjligt in mej på toaletten, borstade grundligt tänderna och blaskade det värsta av den nerspydda tröjan innan jag ångrade mej och öppnade det lilla fönstret ovanför badkaret för att låta t-shirten falla ner i buskaget utanför. Hämtade en ny i garderoben i hallen och tassade ut i köket för att göra slut på i princip en hel liter mjölk i ett enda ljuvligt svep. Vidare in till bäddsoffan där jag inte ens brydde mej om att fälla persiennerna men bara slängde undan dynorna och byxorna och lät mej falla tillbaks mot sömn och nån slags vila och förhoppningsfull återhämtning till slut. Ännu lyckligt ovetande om att det fanns de som led betydligt värre sviter efter gårdagen än vad jag gjorde.

IV

"Farsan i blicken och mungipan den gången jag härmade
Linus på linjen med läppfladder och spottsprut
Vet han log
Morsan hårt i handen när vi tråcklade oss igenom
öppningen i staketet till lågstadiet första dan en bit
bortanför de andra sen hämtade andan
Undrade om jag hittade hem själv såklart redan liten
som ett blåbär mellan fingrarna
Det flätade underlägget tidigt på morgonen bara den
vita tallriken med ännu vitare fil i
Paket müsli halvt grönt äpple det speglande glasbordet
Kraset av brosk i örat förvåningen varje gång jag
tappade kontakten med marken utan att det lossnade
Varm värk som för liten hjälm
Brorsan kommer på att skruva ur glödlampan i
tvättrummet farsan nickar och sträcker sej upp
Lilla oranga lampan på värmepannan ett snällt öga som
om jag var rädd för tvättrummet
Maskinen sluddrande i mörkret pannan varm och
hygglig
Lukt gräs lera piss blod

– – –

Hon ifrån hallen på väg behöver bara höja fingret för
jag vet
Glöm inte låsa
Han som nästan möter min blick igen innan vi hinner

slå undan han går också
Inga ord
Skrivbordet sekundvisaren knappt en minut
Knäna i bröstet fingrarna i öronen knogarna rullar över
revbenen känner hur köttet lossnar från revbenen
Kladdiga spottet den där långa strängen närmare och
närmare
Suger och ser bakom brorsans röda ludna öra hur
Fokkern roterar långsamt i fönstret utan att komma
undan
Runt långsamt
Varma handflator mot öronen den sura andedräkten i
ögonen
Tröskeln bakhuvet slappnar av i lukten bakom näsan
Mörkret som svalt järn svart sammet så kan han sitta
där för sej själv och dunka"

Trollhättan, så länge sen och alldeles nyss... Vad ska man göra åt tiden, hur ska man begripa den? Hon ligger kvar där förstås, staden, med alla våra erfarenheter i sej – ändå en helt annan plats. Jag känner henne inte längre, trots att hon utan tvekan omedelbart känner igen mej. All maskering till trots.

När vi kommer förbi nuförtiden - det kanske händer nån gång vart tredje eller fjärde år - är det som att gå på bio och se en film om vårt förflutna: det vill säga det är vår historia men det är någon helt främmande som berättar. Att promenera längs den där kanalen igen, ända uppifrån Järnvägsbron och Kanaltorget ner till övre slussarna och Gamle Dal... Vi ser på varandra och ler fast alltid på något vis tappert, stoiskt. Som om vi är tvungna att erkänna att det där vattnet och de där skogarna, den där dämpade eftermiddagstrafiken runt Torget och de där människorna som rör sej med eller mot oss i Allén eller över den lilla träbron till minigolf-banan vid Mossberget faktiskt angår oss. Som om de fortfarande har med oss att göra, vilket de givetvis också har.

Här hemma i Enskede är det förstås annorlunda, en annan rytm, en helt annan tillvaro. Vi springer mellan vardagens små gömslen, diskuterar kabelteveutbu-det och den analoga släckningen eller heminredning kanske, mekar med mountainbikes eller margaritas – finns för varann, och grälar tillochmed ganska hälsosamt ibland. Jag kanske slutar snusa efter tretti år, hon kanske plötsligt letar reda på en altsax på blocket.se och börjar blåsa med en liten klass på Folkuniversitetet. Vi lever våra liv helt enkelt, och talar verkligen inte mycket om det som hände längre – ändå förstås i någon mån fortfarande märkta av det.

Trollhättan, ja. Den där stan, och den där tiden. Allt växande vi gjort för att komma vidare, och det förgångna som ändå alltid lever sitt spökliv just under ytan och medvetandet.

Vansinnet och frustrationen som legat där hela tiden, fördolt och nästan bortglömt, men som väcks till liv med full styrka när jag nu till slut dyker ner i sörjan av minnen och aningar.

Och någon gång emellanåt, när jag stängt av datorn och gått in och lagt mej bredvid henne i det dovt susande förortsdunklet, ser jag i dvalan hur hon vaknar och sätter sej upp flämtande i sängen. Jag säger ingenting, för min del halvvägs in i sömnen, men bara anar hur hon ruskar kallsvetten av sej innan hon går upp och ställer sej i fönstret med täcket virat tätt omkring sej, stirrande rakt ut i nattdiset mellan de glappande persiennskidorna.

* * *

Helena ringer redan vid halv nio, och morsan svarar och väcker mej lite förbryllad:

"Ringer hon hit, jag trodde du va där..."

Och jag är väl inte mycket mer samlad när jag väl stapplat över till luren:

"Aa, vaddå?"

"Vaddå vaddå, får mante kolla hur du mår..." Helena är lite störd, begripligt nog.

"Joo, såklart. Fast jag vet lante om mitt ordförråd räcker riktitt..."

"När kom du hem?"

"Ingen aning, men det kante va länge sen. Å fyffan..."

"Tog dom in dej?"

"Vicka då?"

"Snuten."

"Såg du la..."

"Jo..."

Och där är vi tysta en liten stund, i brist på uppenbara kommentarer, och jag passar för min del på att hulka ur mej en del sura gaser, och öppnar dörren till den franska balkongen också och slänger iväg ett par tunga fina loskor över till brunnen på andra sidan garageplanen nedanför.

"Väckte jag dej?"

"Aa, eller jag vet inte. Har änna mest legat å vritt mej."

"Ska du fortsätta me det ett tag te da?"

"Tror änna jag e tvungen. Orkar inge annat just nu."

"Nä..."

Ytterligare en liten tystnad och jag söker febrilt efter ett hyggligt sätt att avsluta samtalet, men hon förekommer mej:

"Ringer litte senare igen da. Eller om du ringer när du mår bättre."

"Aa, just det. Kan vi säga."

Och vi lägger på och jag hasar tillbaks till bäddsoffan och försvinner bland de svettiga lakanen i gardindunklet med spolandet från duschhandtaget ute i badrummet och P3 på precis lagom hög volym i köket för att jag inte ska behöva haka upp mej på vad nån faktiskt säger – ett ganska behagligt mummel mest. Och det går tio minuter eller ett par timmar och sen ringer hon igen:

"Fan, Frank..."

"Vaddå?"

"Det e Eva, hennes farsa ringde preciss..."

Overkligheten, jag tror det är den som stannat kvar starkast, känslan av att leva igenom nåt som inte är möjligt. Den absurda för att inte säga rent abstrakta upplevelsen av att vara del av en fiktion, av en helt igenom uppdiktad situation. Skräcken i att inte begripa.

Eva där på andra sidan korridorfönstret på lasarettet på Hjortmossen, knappt igenkännbar under blåtirorna och syrgasmasken. Uppsvullna kinder, igenmurade ögon, gips runt ena armbågen, håret delvis avrakat där man sytt, röda och blå och nästan gulgröna nyanser och schatteringar som går i och bryter av varandra som vore hon en Picasso.

Slangar och elektroder och ojämnt pulserande kurvor. Ett dunkel. En coma.

"Hann honte säga nåt?"

"Nä nä...hon harnte vart ve medvetanne sen dom hittana."

Rösterna i bakgrunden, passerande eller stillastående, som ur en eller annan teatralisk och överspelad teveserie. Det dämpade klappret av gummisulade träskor som försvinner ut genom svängdörrarna mot sköljen eller rökrummet.

"I Talldungen sa nån... Var e det?"

"Tårtbiten vettu, den där lilla triangelformade parksnutten i grenen mellan Stallbackavägen och Tunhemsvägen..."

"Aa..."

"Preciss nedanför Folkets Park."

"Men va gjorde hon där?"

"Skulle la hem, flickstackarn. Fyffasicken..."

Det är det jävligaste jag sett, och ändå kan jag inte ta ögonen ifrån henne. Trots att hon bara knappt går att känna igen är det på nåt vis som om jag ser henne för första gången. Och faktum är ju faktiskt att jag inte tidigare haft tillfälle att ostörd stirra på henne så länge...

Eva och det som är kvar av hennes stackars stripiga hår där mot det nötta kuddvaret. Bulan i tinningen, de blåaktiga handlederna – det är nästan så att jag känner hur det värker och bultar och svider, och då ligger ändå den verkliga smärtan nån helt annanstans.

Skuld, är det vad jag känner, och varför gör jag i så fall det? Vad har jag gjort?

En sköterska ger mej en konstig blick, eller om jag bara inbillar mej. Drar mej iallafall bakåt mot vänt-rummet igen innan hon hinner höra sej för om vad jag har inne på intensivvårdsavdelningen att göra. Och där ute sitter Evas pappa och lillebror och vad jag antar är hennes mamma – de ser gröna och overkliga ut i ansiktet, och jag presenterar mej inte men fortsätter ut i korridoren mot huvudentrén.

Overkligheten, ja. Fåglarna som sjunger som om inget hänt, solen som trycker på mot asfalten och mot all den parkerade bilplåten och mot skallen på mej som om det var en vanlig solig dag i juli. Som om man var på väg att köpa glass, eller att kolla in bikinitjejer på Älvhögsborg. En taxichaffis som sitter och röker med bildörren öppen och ena benet utanför - jag ser på honom och tänker att han är inte verklig, han vet kanske inte om det men är faktiskt inte helt sann. Och jag går nerför backen och undrar vad jag egentligen menar, men vet att det inte spelar nån som helst roll, och det är kanske just det som det handlar om... Hon kan inte dö nu, det är den enda verkliga tanken, det enda som gäller. Eva ska sova ett tag, och sen ska hon vakna och börja krya på sej, ingenting annat existerar.

Eva, hennes tröja under min hand och hennes hand runt min nacke, och hennes fötter som tassar runt med mina över gympasalsgolvet. Den där varma lyckodoften som jag fick för mej att glömma bort sen! Är det därför jag är skyldig? Jag svänger in under Hjortmosseporten och låter blicken flacka iväg.

Fryser, och svettas.

Gubbe med keps och enorm snusbula och strävhårig tax sniffande över gräsmattan på andra sidan gatan, han är knappast heller där men är ändå nånting att ta tag i med blicken, nånting att luta den mot medan jag passerar. Precis som tanten med shoppingbagen på hjul som stretar uppför backen ett stycke framför mej, och kärringen som skakar mattor från en av de många balkongerna i det höga huset där Hörngatan korsar Klintvägen...

Och på nåt vis tar jag mej ändå till slut hem igen.

Det skulle bli nästan lika mycket uppmärksamhet kring misshandeln och den förmodade våldtäkten (det dröjde innan man kunde konstatera att ingen våldtäkt i teknisk mening ägt rum) av Eva som det blivit kring de två kanalmorden; brutaliteten gjorde förstås kopplingen ofrånkomlig – det var ju verkligen inte mycket av liv kvar i henne när hon hittades av en apporterande labrador i sommardunklet, inrullad under den där idegranen uppe i Tårtbiten. Media gjorde med andra ord vad de kunde av situationen, och det var som vanligt en hel del ("DÖDENS STAD", "KANALMÖRDARENS TREDJE OFFER?", "PANIKEN BREDER UT SIG"), medan polis och åklagare tog nya tag och skräcken bland folk i allmänhet (och yngre tjejer i synnerhet) eskalerade förvisso. Men vad tidningarna skrev eller radio och teve rapporterade om det hela var ingenting jag var i stånd att ta till mej, det blev jag varse först i efterhand. Hade tills vidare fullt upp med att hantera min egen ostoppbara ström av ljud och bilder – minnen och fantasier i en enda plågsam röra av förvirrad längtan och förhoppning och dåligt samvete.

Det dåliga samvetet ansatte mej för övrigt från mer än ett håll:

"Vad har du haft för dej?" Helena i luren, redan tveksam och nästan lite sprucken i rösten.

"Nä, inge särskilt. Jobbat."

"På tiningen?" Försiktig, trevande, allt hennes vanliga självförtroende bortblåst.

"Aa."

"Harnte sett att du skrevi nåt." En slags anklagelse med inbyggd ursäkt?

"Nä, fast det har la mest vart notiser å sånt som mante signerar. Å rättande av vår ordblinne Lilla Edet-korrespondent..."

"E han ordblinn den!" Hon försöker sej på ett litet skratt, eller om det bara är vanan som rycker till.

"Fullstännit. Iblann får man änna gissa va han menar."

"Herregu..."

Och sen vet jag inte vad jag ska säga igen, eller ens om jag alls bör säga nånting, och hon känner förstås av den där förvirringen och smittas. Och börjar för sin del babbla, som om det skulle hjälpa:

"Dom räknar me att hon ska vakna nu närsomhelst allefall, det ser bra ut påstår dom, fast det får man la tolka relativt liksom... Men då skulle hon få komma tebaks te stan åtminstone."

Eva hade varit nere på Sahlgrenska i Göteborg sen eftermiddagen efter den där morgonen.

"Aa?"

"Jag kan fan fortfaranne inte fattat."

"Nä."

"Sånt där hänner ju barante folk man känner, det va änna illa nog me dom där annra, att det va i Trollhättan..."

"Aa."

"Eller hur?"

"Vaddå?"

Och jag vet verkligen inte vad det är hon vill att jag ska bekräfta – att folk man känner inte blir slagna halvt till döds? Tänker att det förmodligen finns få misshandelsoffer som helt och hållet saknar bekantskapskrets men säger inget, och hon envisas inte heller:

"Nä jag vet inte... Mår inge bra bara, det e för mycke, man tappar greppet liksom."

Och det kan jag väl åtminstone hålla med om:

"Det e litte som å gå i sömnen, eller å halvsova..."

"Vaddå menar du?"

"Aa, allså. Som när man preciss vaknat ur en mardröm å vet att dente va på riktitt, men man kan ändånte skaka av sej känslan på flera minuter."

"Fast nu e det ju på riktitt..."

"Aa, du ser. Va förvirrande det e..."

Och hon fnittrar till, men bara kort och avhugget eftersom ämnet ju egentligen knappast inbjuder till skratt. Och jag fnittrar till på samma sätt jag också mest av sympati, och för att jag plötsligt saknar henne igen.

"Du får la höra av dej da, när du får tid." Säger hon, och under nån sekund har jag munnen öppen, beredd att fråga om jag kan komma över med en gång. Men det blir till slut bara ett halvkvävt:

"Aa..."

Varpå jag ändå, om så bara för att själv få känna mej lite hyggligare, låter henne lägga på först.

"Vem va hon där me da?" Farsan viker ner tidningen och ser bekymrad ut. "Nån måste ju veta nåt."

"Veta vaddå?"

"Flicker i den åldern går lante ensamma te Folkets park, inte på min tid allefall. Hon borde la änna pratat me nån som polisera i sin tur kan prata me. Nån kanske sett nån i närheten av na, som inte uppfört sej normalt."

"Vet inte farsan."

"Att dom inte ringer te dej texempel."

"Vicka då?"

"Batongera."

"Va skulle dom ringa te mej för? Jag prata allri me na."

"Du va ju där, och du känner na."

"Misstänker du mej?" Jag tror jag faktiskt lyckas få till ett slags om än plågat leende.

"Lägg av. Men hennes föräldrar måste la veta att du å Helena va där."

"Tror jag faktiskt inte. Å jante ens säker på att jag såg na."

Farsan och morsan vänder sej som hastigast mot varandra och hissar upp varsina två ögonbryn.

"Inte ens säker va?" Farsan har mulnat en del och plockar upp tidningen igen, och morsan fingrar nervöst på kaffefatet:

"Frank", säger hon lite sprucket, "tonåria kroppar e verkliente gjorda för sprit. Dente bara vuxensnack det där vettu."

Farsan på andra sidan frukostbordet ser blekare och glåmigare ut än vanligt, men det är väl för att han sovit dåligt. Jag hörde honom hosta ganska långt in på småtimmarna innan jag själv lyckades dåsa bort. Morsan ser för sin del ut mest som hon brukar, fast möjligen nån grad tröttare. Lite mer frånvarande liksom, som om hon tänkte på nåt fast utan större koncentration.

Hur jag själv ter mej har jag ingen aning om, men jag mår verkligen inget vidare dessa dagar. Både lugnet och energin känns långt borta.

"Hur går det för tjejen nu da?" Farsan vänder upp blicken samtidigt som han brer tjockt med smör över en av Pågens skorpor:

"Harnte sett att dom skrevi om na på flera dar så jag antar hon e bättre?"

"Tror det, fast hon minns fortfaranne inge."

"Förjäkla märklitt det där, hur man bara kan glömma nåt sånt. Borde la tvärtom etsa sej fast som allri förr. Å just bara det å inge annat..."

"Aa, eller tvärtom."

"Jo...så e det feståss. Minnet vill lante ha met å göra."

Morsan tänder ännu en Right på den förra och sträcker sej över till zinken för att fimpa, och farsan drar upp det redan öppna fönstret lite till med ett oljigt och snussprucket pekfinger.

"Börjar bli ett tag sen du va nere på tiningen", säger morsan fast mera undrande än anklagande.

"Mm, fast det e änna svårt å koncentrera sej..."

"Låt det va sommar", säger farsan till henne och kämpar och vrider liksom till ett leende med de trötta ansiktsmusklerna.

Sommar, den ljuva blomstertid. Just det, det var så det var.

"Ja, jo. Jag bara tänker det e bättre å ha nåt å göra iblann..."

"Själv e jag mer bekymrad över att inte Helena vart här på över en vecka nu, du har lante schabbla bort na redan?" Han försöker le igen, men det ser verkligen rätt blekt och halvdant ut.

"Lägg av." Jag orkar inte ta det längre än så.

"Lägg av... Aa, man får la ta å göra det snart, det börjar änna bli litte trälitt det här..."

Och jag funderar inte alls över vad han menar eftersom det så uppenbart är konversation bara, utan avsikt eller mening, men ska snart nog få anledning att minnas orden.

* * *

Drömmarna de där nätterna, jag minns dem än men så har också en del av dem följt med mej upp genom åren. Marorna, all osäkerhet som spelas ut bakom persienner och ögonlock, som rullar runt med mej i det svettkvava mörkret, som virar in mej i de fuktiga lakanen tills jag vaknar pulsriden och flämtande. Och jag står på knä sen intill soffan och bäddar om som hastigast, och slår en lov bort mot det gula lyktskenet utanför balkongdörren för att ge lakanen en chans att något svalna och torka.

Svarta och förvirrade bilder som byter av eller bryter in i varandra. Evas försiktigt rodnande utmaningar, plötsligt blåslagna och blodrivna, och Mehdi Kücücler och Laila Karlsson (jag har deras ansikten från de passfoton som publicerats i media) som bisarra gastar i fonden. Helena som alltid ler brett i början av den för varje vevning alltmer slitet knastrande filmen, för att hastigt sjunka bort och undan sen utan att jag varken kan förklara eller göra något åt det (det är lite som med Teskedsgumman, fast avgjort mindre underhållande). Förstämningen, tvivlet, all min galopperande emotionella osäkerhet. Och så farsan då, som han var de där sista dagarna: grå och trött men tapper, fortfarande i fast förvissning om att ha decennier kvar.

Det var förstås de veckorna som markerade slutet även på mitt eget liv som odödlig – hårdare mandomsprov eller omsorgsfullare invigning i livets sanna villkor är knappast nödvändig, om ens möjlig.

Minns också ett förblindande ursinne liksom pulserande innanför halvt lockslagna öron, och ömheten som plötsligt sköljde in och på en sekund förvred perspektivet och öppnade sej mot min förvirrade skräckslagna omvärld. Som jag hatade det fega kräk som givit sej på Eva, för att i ett slag resignerat inse att mitt hat ändå aldrig skulle kunna mäta sej med hans, helt enkelt därför att han så uppenbart var sjuk. För jag kände mej visserligen rejält ur balans, skakad i grundvalarna av sorg och frustration och förvirring, men var väl ännu inte mogen att frukta för mitt förstånd...

Eva, jag håller om henne och hon är alldeles verklig men sover, så lugnt att jag måste hålla andan för att kunna höra att hon andas, måste tända ljuset och se att hon har färg kvar i ansiktet. Och hon har det, men vaknar liksom till hälften och vrider sej bort ifrån ljuset.

Och jag släcker igen, och försöker somna om.

Han fick första infarkten på jobbet den måndagkvällen, strax efter att ha dragit på sej overallen och stämplat in. Leif, förmannen, ringde oss omedelbart efter att ha larmat ambulans så vi var inne på lasarettet nästan samtidigt.

Bister natt där sen på plastsitsarna i väntrummet (tills någon kom på att erbjuda oss en ledig säng i en av de större salarna), det var ju inte direkt läge att sova även om man meddelade oss att det var vad farsan gjorde, för tillfället utom överhängande fara. Morsan låg på sidan i sängen och kippade ut i mörkret medan jag slog lovar i korridoren eller vred på mej på ett par ihopskjutna kulsäckar på golvet medan sömnbrist och golvdrag fick förkylningen längst bak i gommen att gro och blomma ut.

På nåt sätt slumrade jag väl ändå till frampå morgonkröken och fick ett par timmar innan dagskiftet väckte oss med kaffe och ostfrallor.

Och där låg han sen, uppallad med ett glas saft med sugrör i under den hoppande EKG-kurvan på monitorn uppe under taket. Overkligheten som tog ytterligare ett steg, farsan, min gubbe, grå som aska med ett inte särskilt övertygande leende fastkrampat i ansiktet. Jag satte mej ner intill och kunde fortfarande inte begripa. Vad var det som hände? Vart hade allt det gamla vanliga tagit vägen, och var kom alla överdrifter ifrån? Hur skulle man handskas med dem?

Satt vid fönstret och hörde hur morsan och farsan, utan fler ord än nödvändigt, checkade av det mest givna. "Du e snart hemma igen." "Ska bara passa på å passas upp ett par dar." "Du kan änna behöva litte vila, stressante härifrån nu." Till visshet gränsande onda aningar som en fet klump i halsen och ett tryck över bröstet. Overkligheten som liksom ruskade tag i mej och förklarade att nä, det var allt den som var verklig... Nånting i hans ögon som aldrig varit där tidigare, eller som han åtminstone aldrig brytt sej om att låtsas om – nånting vädjande eller brådskande som brände rakt igenom mej och fick mej att anta utmaningen. Varpå vi höll varandra med blicken medan morsan var på toaletten.

"Hur e det, Frank?" Frågar han alltså mej, men jag fattar ju vad han är ute efter.

"Man blir la litte skraj..."

"Menar du det..." Han ger sej till att blinka spjuver-aktigt mitt i den trötta grimasen, men det känns som att han ångrar sej med en gång – det är inte den sortens utnötta klämkäckhet som vill till nu.

"Du skante bli det vettu."

"Lätt å säga."

"Sånt här händer." Han kastar en blick mot den stängda dörren mot korridoren. "Snackas inte så mö om`et men det e faktiskt inge ovanlitt alls." Det där snedvridna konstiga leendet igen, det gör nästan ondare än nåt av det andra.

"Jag bara måste säga det, Frank, ifall att..."

"Lägg av..." Jag vrider mej på stolen och vill inte gå längre, vill inte höra mer, eller åtminstone prata om nåt annat. Och han tystnar också, fast jag i efterhand inser att han bara letade efter en annan väg.

"Jaja..."

Rummet där, inpräntat i minnet som om jag nyss stigit ut ur det fast så många decennier redan passerat. De ledsamma oranga gardinerna, halvt fördragna, och de beigebruna plastsitsarna på besöksstolarna. Klockan som hänger lite snett ovanför dörren, och nån slags abstrakt flammig litografi (jolle och kobbar?) som misspryder väggen rakt framför sängen.

Farsan med det tunna blonda håret spretande både hit och dit över landstingets nötta örngott:

"Du e bra, Frank", säger han och leendet känns för några sekunder nästan helt avslappnat. "Man behövernte babbla så förbannat me dej, du fattar ändå."

Och jag funderar över vad det är jag fattar men vill förstås inte fråga. Det är den sortens komplimang som går in i en, som värmer och fyller ut tomrummet, mera tack vare avsändare än eventuell riktighet. Farsan brukade verkligen inte säga sånt där, brukade ju knappt ens se en i ögonen mer än som sekundsnabbast över morgontidningen, varför den till synes ganska anspråkslösa meningen rymde så oerhört mycket mer än summan av de enskilda orden.

"Hoppas allefall du vet allt det där jag allri sagt. Du e så jäkla bra, Frank, på alla möjlia sätt. Fast jag har nunte talets gåva..." Varpå han fullständigt outhärdligt börjar gråta, men frustar till och skärper sej med en gång, och torkar ur ögonvrårna med en av sina jättelika fingerleder.

"Jag har läst om det här", säger han och ruskar liksom på blicken, "man blir blödi å känslosam av infarkter..."

Förvirringen i de flackande våta ögonen, jag var flera gånger på väg upp ur stolen för att krama om honom men visste inte om det rent medicinskt var tillrådligt – och knappt ens heller hur man gjorde.

"Å annra sidan e det kanske det dom e te för, infarktera. Att man äntlien ska begripa va som e viktitt mens man e här..."

* * *

Ännu längre in i mysteriet då förstås, längre bort över ödeslätten. Solen dunkade säkert ner över Trollhättan även mot mitten och slutet av juli (jag har i efterhand förstått att det var en av våra bättre somrar, rent vädermässigt) men jag minns bara ett mulet irrande helt utan riktning eller ens utgångspunkt.

Eva - tillbaks från Sahlgrenska - på en avdelning och farsan på en annan. Trampandet i korridorerna, ståendet på de plattlagda rökterrasserna mellan infiltade nikotinister i rullstol och avsågade oljefat fulla av fimpar. Jag rökte förstås inte men tuggade kanske i mej en Dajm från kiosken vid huvudentrén, och stirrade ut i den absurda kvittrande grönskan på berget.

En slags kortslutning där, tror jag. Det var inte det att allt annat sköts i bakgrunden, men att det i princip upphörde att existera. Energin räckte helt enkelt inte till mycket mer än de där långsamma cirkelrörelserna över lasarettets mattslitna linoleum. Lusten och nyfikenheten på undantag, både vuxen och lätt åldrad i ett enda slag. Och det var kanske väl att man på så vis omedvetet sparade och förberedde sej.

Morsan där, apropå hastigt åldrande, på några dagar liksom urgröpt av sömnbrist och undernärt kedjerökande. Blicken som oupphörligt rörde sej fram och tillbaks med små ryckiga rörelser, som ville den inte stanna av rädsla att behöva fokusera och faktiskt ta in nåt av det den passerade. Som om den inte orkade hålla upp.

Men nåt liknande gällde väl också mej, och någorlunda ordentligt ser jag henne egentligen bara och först nu och härifrån.

På nästa bild sänker jag redan ner honom i den där gropen strax bakom den kilometerlånga buxbomshäcken längs riksvägen uppe på Håjums begravningsplats, det är fortfarande svårt att förstå. Det blev inte mer, det tog slut där. Farsan, färdiglevd och omhändertagen av de som tar hand om oss när vi levt färdigt, de som jobbar med det. Farsan, ivägrullad ensam genom korridorerna – bränd och mald och utlämnad i en liten keramikbehållare över disken inne på receptionen på krematoriet just nedanför kullen där han brukade dra upp mej på kälken när det begav sej.

Hur förklarar man nåt sånt för sej själv; man får förstås ta det som alla andra, men begripandet kan man ju faktiskt ge upp direkt.

Hör honom fortfarande, och känner hur det spänner lite grand i ansiktsmusklerna när han pressar fram de där sista leendena på ren vilja. Ibland tycker jag tillochmed att jag anar skräcken - idag kan jag ju bättre uppskatta hur ung han faktiskt var, bara halvseklet lite drygt - och kraften med vilken han trycker undan den. För min skull?

Solen, en eftermiddag mot slutet av juli, och den kvava hettan under de dammiga lövverken. Gruppen av ljust klädda förvirrade människor som långsamt spricker upp och skingras över gräset och längs de smala grusade gångarna. Prästen som ingen av oss känner, men som ändå ger sej till att mumla deltagande åt höger och vänster – jag orkar inte ens ignorera honom när han passerar mej men nickar stillsamt och bekräftande. Farsan, kvar i den där gropen i alla dessa år nu redan.

Alla löv som fallit ner för att långsamt förmultnas. All snö som lagt sej över de halvt förmultnade löven, och som smält undan sen igen. Det händer, det gör ju det. Är faktiskt inte ovanligt alls.

"Sorgehantering", det handlar väl mycket om att inte tänka, eller om att i möjligaste mån tänka på annat. Om att lägga tid emellan, om att vänja sej ryck- och stötvis, i den mån det alls går. Att lära sej leva med det oacceptabla.

Antar att vi försökte hålla skenet uppe för varandra också, osagt vem som lyckades bäst. Det gjorde ont att se henne på sin vanliga plats i köket, utan farsans snarkningar ackompanjerande inifrån sovrummet. Man kan tycka att det inte skulle göra så stor skillnad, men det fanns trots allt löften i det där ljudet – snarkningar är också en slags närvaro, och hon visste att han snart skulle vakna och att de skulle ha några timmar. Men det blev knappast bättre av att vi satt där bägge två i tystnaden, och fast hon alldeles säkert inte hade nån större lust så drog hon på sej skorna och gick ut i ett eller annat simulerat ärende, bara för att ge mej tillfälle att för min del försvinna åt ett annat håll. Så tvingade vi varandra till nån slags rörelse som kunde skingra tankarna, och till en början sökte jag mej mest till redaktionen.

Lenell kände och begrep mej bättre än att försöka snacka och slängde helt enkelt till mej vad han hade: en stråkkvartett på Fyrkanten i Vargön, amatörteater i

Petersbergsskolans aula eller demonstrerande djurrätts-
aktivister i Marie Alberts park. Och jag tog hojen för att
svettas ur mej stressen, tillochmed till Vargön, och iakt-
tog och lyssnade och trängde mej fram för några frågor
efteråt innan jag tog anteckningarna med mej ner till
nån av de lediga skrivmaskinerna på Staveredsgatan.

Koncentrerad, sammanbiten, i full färd med
förträngandet.

"Att du klarar å jobba da, begriper jante."

Bitten var för sin del sitt vanliga finkänsliga jag:

"Trornte jag överhuvetage kunne resa mej upp pån
månad när min farsa dratt ur jacke. Fast folk e la olika
feståss." Varpå hon demonstrativt la upp de stövel-
skaftade benen över kanten på skrivbordet när Paslow
gick förbi, som om han skulle bry sej (vår ansvarige
utgivare var helt visst ganska excentrisk, men framför-
allt för stor för sin stad, och såvitt jag kunde förstå full-
ständigt ointresserad av sina medarbetares sittvanor).

När jag inte jobbade eller hängde på redaktionen eller
i tryckeriet (där larmet och ångorna av trycksvärtan
emellanåt kunde trolla bort förvånansvärt mycket av
en själv) lät jag Martin dra med mej ut i Skogen eller på
de gamla vanliga evighetspromenaderna runt staden.

"Vet ännante va jag ska säga, Frank, finns la faktiskt
inge möe man kan säga egentlien...men du ska veta jag
allti lyssnar." Varpå vi teg en hel del innan vi så små-
ningom började mumla om helt andra saker istället, om
allt det gamla vanliga och för länge sen färdigidisslade
fast med mindre entusiasm förstås – mest som för att

försöka jobba oss tillbaks till nån slags vardag, till nån slags självklarhet. Femton år och redan intuitivt medvetna om de terapeutiska teknikerna...

"Petter ble stoppad på Floridan av Långe-Jan igår å de va la inge revynummer preciss, han lär få problem me både vattenkastninga å lämpe framöver..." Ordningspolisen Långe-Jan, sedemera stadens högste polisbefäl, var på den här tiden ökänd för sin bristande diplomati i umgänget med mopedtrimmare och felcyklare – och för sin osannolika kvällsverksamhet som förste komiker i det lokala revysällskapet.

"Den goingen..."

"Man kunne tycka dom borde ha annat för sej i Dödens Stad..." Varmed vi ändå måste börja om från noll igen, med Martin rodnande med bägge fötterna i klaveret, och sneglande snett bakifrån sen mest hela tiden för att se hur jag verkar och reagerar; och jag själv som faktiskt redan känner mej märkvärdigt avtrubbad och kall mellan varven av skräckslagen frossa och kallsvettningar.

"Å den lille släpper Mjukisbitar 23, spring å köp!..." Den showande konstapeln stod ändå i skuggan av yngre brodern vars söta snyte och rödskrubbade spegelsmorda stämma mutats in av mogulen i Skara för att under artistnamnet Paul Jet turnera åtminstone län och landsända omkring, och tillochmed truddelutta på Svensktoppen om lördagarna.

"Sicken familj."

"Huvesaken dom trivs me sej."

Ut längs Nossebrobanan (som officiellt gått under det dock bland trafikanterna aldrig helt erkända namnet Gröna Stigen sen man skrotade rälsbussarna, bröt upp syllarna och asfalterade banvallen några år tidigare) och vidare längs delar av motionsspåret över till Lunnens Gård och Halvorstorp, utan att knappt notera var vi går. Sviktande över träfliset i spåret eller klapprande med träskorna mot de ännu inte skyddade slättbergen vid Lunnen, borta och förlorade i varsin helt egen förvirring – som vi ändå på känn försöker få att lappa över varandra.

"Har ni paus nu da liksom, eller e det slutsignalen som gått?"

"Vet inte faktiskt. Paus antar jag..."

"E la inge riktitt svar egentlien."

"Finns kanske inge heller."

"Fast nåt måste du la veta? Inte för det angår mej på vare sej ena eller annra vise..."

"Hon e skitbra å jag känner mej som ett as, men kante göra nåt åt det..."

"Va va det som hände da?"

Och svaret slipper ur mej av sej självt redan innan frågan är helt färdigställd, och både Martin och jag vet att det inte behöver utvecklas:

"Eva..."

"Det feståss."

Vid Lyrfågelskolan genar vi ner över de sommaröde asfaltplanerna utanför först lågstadiet och sen mellan-stadiet, men skär upp genom Dannebacken sen utan att ens titta åt högstadielängan. Aplarna som hänger ut över de låga gjutjärnsstaketen, och alla bortresta småhusägare. Förbi scoutgården sen, lika sommaröde och ledsam den, och över det svampiga änget mot små-industrierna på Skogstorpa.

"Hur e det mena nu da? Hörde hon fått komma hem allefall..."

"Aa. Dom säger hon börjat minnas litte osså, fast utan å kunna peka ut nån. Säger hon gick förbi Parken en sväng för å titta litte utifrån bara, helt själver."

"Kanske kommer da."

"Ifall hon känden ja, annars blir det la svårt."

"Jo. Så litten e lante stan..."

"E lante det."

Den solhamrade dammiga Kardanvägen bort mellan verkstäderna och de andra korrugerade plåtskjulen. Bilspedition där jag stod och sorterade paket några veckor förra sommaren. Den nya tennishallen i träd-skuggorna borta mot Margaretavägen där de bebodda trakterna tar över igen.

Några smågrabbar har klättrat över stängslet till Edsborg och kutar onkring med ett slitet läder på grus-planen bakom läktaren, och vi rör oss hemåt längs cykelvägen utmed 45:an.

"Ändå rätt litten såklart." Martin liksom ser sej omkring som om det just gått upp för honom. Knappt nån trafik alls på riksvägen och bara det låga gyttret av småhustaken på andra sidan jordvallen, och av hyres-husen borta runt Götalunden.

Och jag har väl inte heller funderat så mycket över stadens storlek tidigare, och gör det inte nu heller. Men konfirmerar förstås, som man gör mer eller mindre per automatik:

"Jo. Jo, rätt litten e den feståss."

Och det var väl ungefär vad vi förmådde, på det stadiet. En del ganska vida men skäligen planlösa cirklar i språket och i geografin. Alltmedan tiden lindade in och dämpade undan.

V

"Bröder blod blodsband händer handslag knytnäve sår
sårad knoge skelett mot skelett öga mot öga
Tickar i tinningen knastrar i nacken. Vad jag gjort vad
de gjort
Kullerbyttan lealös tysta blinda volten snälla nej lilla
vän alla äckliga ord
Ensam mensam ledsam retsam
Jäntan hemtam längtan
Ska ta er också tro inte ni kommer undan måste ut
måste upp igen
Om man bara kunde titta i lugn och ro
Alla om de kunde låta bli kladda kladdiga ord över allt
överallt"

Och juli gick åt på nåt sätt, dag för dag, promenad för promenad, sammanbiten rörelse efter sammanbiten rörelse. En sorts vaken sömn, skallen nersläckt till basfunktionerna för att inte grubblas trasig. I princip helt omedveten om tidens större skeenden: devalvering, prinsessfödsel, skandalen i Teckomatorp, kidnappningen av Schleyer, fängslandet av Steve Biko...

I Trollhättan började det dra ihop sej till Fallens dagar, den traditionella festivalhelgen med vatten-påsläpp och marknad med tombola och en del lokala artister på scen, men det var förstås ännu svårare att engagera sej i. Jag var ute och gick med morsan på tors-dagskvällen och såg hur man drog presenning över en del stålrörskonstruktioner på gräsmattorna nere mellan Malgö och Oscarsbroarna, men det var väl bara knappt att vi noterade.

Helena försvann för sin del med sin morsa ut till stugan på Bokenäset, men vi hade knappt setts alls och bara pratat sporadiskt på telefon under de senaste veckorna – hon var inte dum men tog till sej vibbar jag knappt ens själv var medveten om. Och Martin gick in i hårdrepetitioner för en spelning på parkhallen i Borås, varför jag fick för mej att stå en del på bergsknallen bortanför Evas hus igen - som förr, regresserad, frusen och obeslutsam. Varpå jag ryckte upp mej en aning och tog cykelvägarna över Kronogården och Karlstorp ner till Skoftebyn för att se vad det blivit av Reine.

I tidernas begynnelse bodde han längre upp på Tessingatan i Sandhem, en halv kilometer från Martin och mej ungefär, och gick dessutom i min klass. Men i trean eller om det var mellan trean och fyran köpte hans föräldrar en rätt bra tilltagen kåk nere i Skoftebyn, på en av de små tvärgatorna mellan Skoftebygatan och Modhs väg, varmed han så att säga var förlorad för min barndom. Det blir ju så; i den åldern består även en stad av Trollhättans begränsade storlek av ett antal skilda världar, och avståndet mellan två ytterkanter som Sandhem och Skoftebyn är inte tal om att försöka överbrygga. Man får avvakta, eller hellre glömma varandra och ta det som det kommer sen om det nån gång skulle få för sej att komma.

Gillade Reine, detvillsäga jag kom ihåg att jag gillat honom när det begav sej – han hade nåt i ögonen som var lika blygt som igenkännande och man behövde inte prata så mycket för att nå fram. Vi tittade på varandra och visste var vi befann oss, visste att det var ganska nära varandra. Åtminstone var det vad vi inbillade oss, tror jag. Två tystlåtna killar i klassens intellektuella mellanregister, med planer på att ta sej upp varsitt stycke.

Sedan han flyttade hade vi inte träffats vid fler än tre eller fyra tillfällen, och då aldrig sagt mycket mer än att där är ju du och visst, och här är jag. Det var till exempel när våra respektive skolor mötte varandra i stadscuperna eller när vi helt enkelt sprang på varandra på stan, men det kändes ändå som att nånting fanns kvar. En slags latent vänskap, om än utan nåt som helst egentligt fundament.

Det där märkliga hembygget (möjligen alltså en sorts nersågad och omsvetsad Zündappram med Coloradotank och buffalostyre och förlängd framgaffel, och en del influenser och bidrag från ytterligare andra håll) står lutad mot en av stolparna under carporten, där det också står en småbucklig medfaren silvergrå Porsche inkörd. Men när jag låter den enorma gjutjärnssklappan dundra mot ytterdörren är det helt utan resultat så jag tar en liten promenad runt huset istället, för att kika in genom fönstren.

Snyggt ställe, snygga inte alltför vräkiga möbler, inte alltför mycket prylar överhuvudtaget. Gott om plats där inne att tassa omkring, och teven lite på undantag vid sidan av soffgruppen. Jag försöker minnas vad Reines föräldrar jobbar med och har för mej att hans farsa är nån slags cheftekniker uppe på SAAB, men är inte säker. Ser en del snygga målningar också, och blir stående ett tag tittande: färgglada fruktträdgårdar med gamla skevande lador i bakgrunden, en liksom vinglig och utfluten skärgårdsbåt och ett vetefält med berg i fonden och en småfet naken kärring snett bakifrån, full av skuggor och oväntade nyanser. Just innanför skjutdörrarna ut mot altanen på baksidan hänger en till synes väl påpucklad Everlastsandsäck i en takbjälke intill en roddmaskin nersjunken i ryafluffet, och längre bort mot det amerikanska köket anar jag en av de där sköna gamla enorma jordgloberna med bar i. Tänker idiotiskt att Reine kommit sej upp i världen.

På bortre kortänden kikar jag in i vad jag antar är hans rum, till skillnad från resten av huset överbelamrat med grejer. Långsamt roterande flygplansmodeller upptryckta med sytråd och häftstift i taket och vägghyllor fulla av serietidningar och Wahlströms gröna ryggar och radiostyrda bilar och balsaplan, och på golvet ett par väl nötta skateboards halvt inrullade under sängen. En krokig blå Kungsfjäder och en öppen verktygslåda och läderkulor och en sportbag, och så sängen då och det i sej överhopade skrivbordet förstås, och en låg snurrfåtölj full av utochinvrängda kläder.

Kliver vidare över några prydliga rabatter fulla av penséer och lejongap och kommer ut på uppfarten igen just som ytterdörren öppnas inifrån.

"Å vaffan tror du du håller på me da?" Jag känner inte igen honom men förstår att det måste vara Reines brorsa. Han har bar överkropp och en frottéhandduk virad runt höfterna, och är följdaktligen fuktig i håret. Jag noterar också att han har en del muskler att backa upp attityden med.

"Jag letar efter Reine..."

"I rabattera?" Han tar ett par steg ut på gången med barfötterna och jag retirerar hastigt ner mot trottoaren.

"Om folk inte öppnar när du ringer på betyder det antingen att dom inte e hemma eller osså att dom avböjer ditt sällskap, det e hursomhelst allri nån invitation å snoka runt å trycka din feta kran mot rutera!"

"Tänkte bara kolla litte hur han bor, jag harnte vart här innan..."

"Å kommernte hit igen, bara så du har det klart för dej! Försvinn nu sketonge innan jag trycker upp näsbene i hjärnan på dej, ifall du har nån!"

Och jag försvinner förstås så kvickt som han rimligen kan förvänta sej, halvspringer faktiskt några steg och hoppar på cykeln i farten, innan jag blir förbannad fast mest på mej själv för att jag inte haft vett att ge svar på tal. Tänker att han väl i princip hade rätt, fast åsikterna möjligen kunde ha framförts med större charm. Och medan den tanken och nån till maler runt några gånger i huvudet cyklar jag iväg åt fel håll och snurrar faktiskt lite vilse ett tag längst ner i Skoftebyns villagytter innan jag känner igen mej utanför Svarte Môa-kiosken och hojar upp över idrottsplatsen mot kanalen, och vidare in mot stan igen.

Vad man ser och förstår utan att vara medveten om det, kunskapen förlorar sej ibland i ovidkommande diskussioner, blir liksom stående på trottoaren i plötsligt samspråk med någon som oförhappandes dykt upp runt nåt av det förflutnas alla gathörn, glömsk av sitt egentliga ärende. Eller nåt...

En slags vag bävan bara, en något men bara något tyngre andning, knappast mer än så.

Tankar som alltid fladdrar i väg i allra sista tiondels sekunden innan handen hinner sluta sej och hålla dem:

En mor som är lite för mycket på sin vakt för att det bara och endast ska kunna hänföras till otrygg barndom (detvillsäga till hennes egen otrygga barndom).

Skygglapparna på och öronpropparna i, varpå skulden kokar ihop till en sur gegga av cynismer och defensiva förekommanden.

Blickar som galna flugor, berusade luftakrobater, underliga ord och meningar och tystnader som man inte kan ta till sej men åtminstone nånstans och på nåt vis förstår att sortera lite för sej – för eventuell framtida utredning.

Den sortens blåmärken som inte syns när man tittar rakt mot dem, men som bara växer ut och bultar molande längst ut i ögonvrån.

Allteftersom veckorna gick utan att vare sej mördare eller våldsverkare uppbringades växte förstås kritiken mot polisen. Det som från början tagit sej uttryck i allmänt löje och frustrerade huvudskakningar övergick så småningom i alltmer upprörda krav på allt ifrån enskilda åklagares och utredares avgångar till genomgripande reformation av hela rättsväsendet. Varpå insändarstormen allt enligt naturens lagar blåste över och lugnet återvände igen, om än ackompanjerat av ett slags visserligen lågmält men ändå ganska ihärdigt muttrande.

Riksmedia kom och gick med för varje gång lite längre intervaller, och i lokalblaskan fanns väl till slut inte heller särskilt mycket nytt att tillfoga. Det var väl de där insändarna då, föralldel befogade men allt tjatigare och som sagt allt färre. Det kollektiva minnet är på gott och ont ganska svagt, vilket återigen demonstrerades.

Vad gällde Evas minne så rapporterades det mot slutet av juli vara i princip helt återställt, vilket dock inte hjälpte polisen nämnvärt eftersom gärningsmannen överrumplat henne bakifrån och sedan aldrig visat sitt ansikte i det för övrigt ganska kompakta skumrasket mellan träden uppe i Talldungen. Vad gällde övriga detaljer lät hon förstå att de fanns tillgängliga men att hon inte hade för avsikt att gå igenom dem med vare sej press eller polis. Hon varken orkade eller ville och det var förstås ingen som försökte tvinga henne, hur det nu skulle ha gått till eller vad det skulle ha hjälpt. Hon anförtrodde sej till läkaren och till sina föräldrar och lät det stanna vid det.

Själv tillbringade jag fortfarande var och varannan skymning i rastlösa lovar runt kvarteret där hon bodde högst uppe i Sandhem, satte mej en stund på bergs-knallen på andra sidan ängen där man kunde se rakt över mot hennes sovrumsfönster, stirrande lönlöst genom det tätnande dunklet, sugande på Röda Lacket i en förvirrad ansats att ta upp åtminstone nån liten del av min fars fallna mantel, hetstäljande på den ena pinnen efter den andra utan att nånsin åstadkomma ännan än just täljda pinnar och flis... Och dagarna gick.

Ringde till Reine redan samma dag som det där uppträdet med hans brorsa, vem det nu var jag helst ville konversera – det är förstås lättare att hitta orden och stå på sej i telefon och jag skulle verkligen inte ha haft nåt emot att den där jäveln svarade.

Det var dock ingen hemma överhuvudtaget, åtminstone ingen som brydde sej om att lyfta på luren, så jag fick slå numret ett antal gånger under några dagar innan en kvinna raspade till i andra änden:

"Norbeck."

"Aa hej, jag söker Reine..."

"Verkligen? Å vem ska man tro att `jag´ e da?"

"Hursa?"

"`Hursa´? Dej tror jante jag haft äran å träffa. `Hursa´ vaddå?"

Kul... Tror att jag alldeles automatiskt bestämde mej för att lägga mej på samma nivå.

"Hursa Larsson, med två s – vi gjorde lumpen ihop. E han hemma?"

"Lika roli du som Reine. Han e la å tittar på utsikter i vanli orning." Varpå ett plötsligt men ganska stillsamt klick meddelade att samtalet var över.

Och jag visste – utan att det därför var nån särskilt färdig och medveten tanke, och redan innan jag förpassat min egen lur till klykan - var jag skulle börja leta.

Om man nerifrån stan ska ta sej till Kopparklinten med bil eller moped eller cykel är det till att börja med Oscarsbron över Stampeströms varp som gäller, därpå Landbergsliden som klättrar brant ett par hundra meter uppför berget på Strömslundssidan mot Högboplatsen där det finns en liten parkering. Sista biten får man promenera genom barrskogen, såvida man inte förfogar över ett terränggående fordon och därtill ger fan i förordningarna.

Det är en märklig känsla att närma sej den där platsen igen, om det nu är för att Eva och Helena var med förra gången eller helt enkelt för att jag är ensam nu på en plats där ett brutalt ouppklarat mord begåtts för inte så länge sen. Att en sån vacker plats kan te sej så spöklik, även en solstrålande middagstimme i slutet av juli.

Det är som om all föresats och kaxighet svettats ur mej under den sega promenaden uppför backen från bron (inte ens med farsans treväxlade kom man mycket längre än femtitalet meter upp innan man fick kliva av och knata). Den tidigare nästan påträngande lusten att träffa Reine igen dämpas en aning för varje steg över den sviktande barrmattan, trots tydliga moppespår vid sidan av stigen, och när jag uppifrån krönet kan se ner mot den övergivna plattformen kommer plötsligt frossan över mej. Ser Laila Karlsson kliva på intill mej med en disträ och frånvarande min och en tallkotte rullande mellan pekfingret och tummen medan jycken sniffar iväg åt höger och vänster ett stycke framför oss. Jag blir stående och kan för några sekunder höra hennes ändå inte särskilt ansträngda andhämtning när hon passerar. Hon släntrar nerför backen, fortfarande utan att lyfta blicken från den där kotten, medan jag hör hur vinden tar över i tallkronorna och i de enstaka björkarna, och hur det knakar till ett par meter in i den täta vegetationen åt vänster. Och innan jag vet ordet av springer jag som Juantorena tillbaks längs stigen ner mot parkeringen där jag rycker åt mej och gränslar cykeln i farten, för att dra iväg nerför backen utan så mycket som ett finger på bromsen.

* * *

Bisarrt nog är det Reines morsa jag inte blir av med, den där bitska uppgivenheten. Det är som om jag vet vem hon är, och att jag inte vill veta det. Reines morsa, hur absurt kan det bli, bara en av hur många isolerade öar i strömmen? Reines morsa, jag vet inte ens hur hon ser ut, varför har jag hakat upp mej på henne?

Overklighetskänslan som till slut helt tagit över denna sommar av omvälvning och absurda överdrifter.

Upplevelsen av att utan egen förskyllan ändå varje dag
gå en liten aning mer vilse.

All gammal invand vardagsrekvisita som plötsligt
ter sej ny och främmande. Gatorna och dungarna och
kioskerna och de små torgen eller öppna platserna där
jag blir stående, blinkande som en turist i motljuset.
Människorna som sluter upp intill med familjära kom-
mentarer, som om de känner mej, som om jag känner
dem. Morsan som sitter där i sitt rökmoln på bortre
sidan av köksbordet, flippande och flappande med de
gulnade spelkorten mot vaxduken, allt tystare för var
dag, allt blekare.

"Går ut igen, morsan."

Hon reser sej förvirrat halvvägs, som om jag på
nåt vis behövde hennes hjälp för att komma iväg, och
sjunker ner igen när det slår henne att jag faktiskt inte
gör det.

"Aa, ja, vi ses sen da."

Och jag vandrar nerför Slättbergsvägen till Martin,
möjligen med ett undermedvetet hopp om att Sonja och
Gunde ska kunna göra nåt åt den förlamande känslan
men finner att jag bär den med mej vart jag går.

"Men Frank, slå ner dej ska jag hämtan kopp!" Sonja,
som ser ut och låter som vanligt, fast med en nyckel i
ryggen som går runt och runt med ett knappt hörbart
mekaniskt tickande.

"Bra du kom så kan du hjälpa te me Mums-mumsena,
vi har fyra askar i kylan å en i frysen å får knappt plats
med nyttihetera." Gunde som också är sitt gamla

vanliga, fast liksom med ett litet reverb eller en tiondels fördröjning som jag inte blir klok på. Det är inte hans fel, ingenting är nåns fel.

Och varken Martin eller Siri är hemma, och jag stannar inte heller länge.

Men Reine, varför gav jag mej inte, varför trodde jag att just han av alla människor jag knappt kände eller trodde mej känna skulle kunna göra nån skillnad? Buttre eller likgiltigt småleende Reine – var det kanske det där ordknappa och underförstådda jag ville åt? Den snabba och blyga men ändå omedelbart genomborrande blicken, den man kunde tolka in vad man ville i, den som helt vansinnigt ibland verkade förstå en bättre än man själv gjorde. Eller var det nåt helt och hållet annat som drog?

Tunhemsvägen bort förbi Lyrfågelskolan och TFK-planen, ut genom Halvorstorp och bortanför Violas plantskola tar den ändlösa västgötaprärien över och bara industrierna på Stallbacka i väster och Hunnebergsplatån i nordost bryter horisontlinjen.

Tunna moln och soldis, och en svag men bara svag fläkt som drar fram över rapsen och rågen. Svänger in på landsvägen mot Gärdhem men tar vänster sen redan efter ett par hundra meter. Skakar grusväg fram mot bergets fot.

Får resa mej upp i första backen men sen planar det ju ut en stund igen förbi ängen med de enorma ekarna, och de gamla träkåkarna som ligger och kippar till vänster. Och sen bär det uppför på allvar och det är som vanligt bara att kliva av och ta spjärn med envisa bredsidor hela vägen uppför vindlingarna.

Hunneberg, eller "Berget", apropå overklighet. En nästan helt och hållet alternativ värld femton minuters cykling ut på slätten, särskilt vid den här tiden, ett par år innan vi skaffat tält och börjat göra oss alltför hemmastadda vid de inofficiella camping- och defloreringsplatserna, och innan vi på allvar börjat trubba av mysterierna med malt och sötröka. I slutet av sjuttitalet var Berget ännu hemligt och tillbakadraget, en plats av truligt tigande storskog och igelbemängda svarta vatten, av hotfullt glimmande älgögon och lommars liksom ångestladdade skrik över de mörka vidderna, av länge övergivna och avbarrade skogshyddor och småfolkets tassande och fnysande bakom jättevältorna. Och av ett och annat halvt bleknat minne av skidturer med familjen kanske, på den tiden man hade en sån. Att bryta fnöske längst in under granarna och göra upp eld i snön. Morsan som skalar apelsin till alla tre, farsan som grillar stanioldraperade äpplen i glödbädden.

Tar höger uppe på platån och försöker minnas nåt mer från den där utflykten men hittar inget annat i gömmorna än ljudet av knastrande fnöske och granbarr, och resterna av en doft av bränt äppelskal, och känslan av det mjälla varma fruktköttet mot gommen.

Är alltså inte särskilt hemma på Berget - Igelsjön i viss mån undantagen - men har varit till biblioteket och memorerat vägen till Brottet iallafall och trampar iväg längs den smala grusslingan med ganska god fart, zickzackande mellan groparna i makadamen. De grönsvarta väggarna av gran på bägge sidor, och det lilla envisa knottmolnen runt skallen – alltihop som på en väl bibehållen film i huvudet fortfarande. De åldrade mossbelupna timmertravarna här och där längs vägen. Molntrasorna som hastigt kokar ihop och lägger liksom en skugga över hela utflykten. Den plötsliga insikten att jag inte har en aning om vad jag egentligen ska vid det där gamla stenbrottet att göra.

Chansen att han ska vara där borde ju vara helt försumbar, och utsikten borde väl gå att föreställa sej hemifrån. Men på nåt sätt får man ju leva ur sej den energi man vaknat med.

Är inte alls säker på att jag kommit rätt när jag ändå svänger in på den lilla skogsväg som försvinner in åt höger efter ett par tre kilometer, men det kan ju som sagt faktiskt kvitta. Tänker att jag ska kolla vart den bär av bara, och vända hemåt sen. Börjar känna mej rätt mör av trampandet, och av det ideliga stötandet av rötter och håligheter genom fälgarna och ramen upp i arschlet och skelettet, och allehanda oväntade bilder passar på att fladdra förbi. Lenell med kaffet skvimpande över koppkanten på tryckeriet den där dagen de hittade turken. Martins sammanbitna skruvande bakom batteriet på Parken, en halvtimme före nersläpp.

Farsan, med IFK-nålen i det nötta kavajslaget och de tunna testarna vispande i vinden över ståplatsläktaren. Helena och rodnaderna jag aldrig såg förrän efteråt, Helena frustrerat flaxande med de för långa ärmarna i den för stora tröjan på andra sidan bakrutan när de kör iväg med mej mot "tillnyktringsenheten". Varpå jag får syn på mopeden, inkörd ett stycke i slyskogen vid sidan av vägen.

Märkligt, det är tveklöst Reines ganska lättidentifierade fordon, och ändå blir jag varken förvånad eller särskilt glad. I ett slag koncentrerad bara, som om nånting stod på spel. Adrenalin skjuter ut i kroppen och tröttheten förflyktigas. Jag kliver av cykeln försiktigt som för att inte höras, och lutar den ljudlöst och mot några slyslanor ett bra stycke från mopeden och närmare vägen. Nästan smyger över för att titta.

Vad är det som händer, vad är det jag gör. Håller handen några millimeter ovanför motorblocket och känner hur det ångar, förstår att han inte kan vara långt borta. Står ett par sekunder och tittar, fortfarande fascinerad av den oheliga kombinationen av delar. Tänker liksom i förbifarten att jag aldrig frågat om han byggt den själv, men att det väl är ganska troligt. Tänker sen plötsligt att det kanske är för sent att fråga nu, och försöker sen begripa vad jag menar med det. Och blicken söker sej av sej själv tillbaks till de roströda fläckarna strax innanför gashandtaget där den passerat en halv sekund tidigare, men nån särskilt aktiv tanke kan jag inte minnas. Bara att jag smyger vidare uppför stigen genom slyskogen som om all medveten förmåga till logiskt tänkande bränts ut ur skallen av den långa utmattande transportsträckan upp på Berget, eller kanske redan under den hariga flykten från den övergivna Kopparklinten, om inte ännu tidigare.

Plockar upp en ganska kraftig och bara lätt böjd tallpinne från marken, men om den nu är tänkt som beväpning så är det ändå inte min tanke – det är bara musklerna som tagit över, med nedärvda handlingsmönster och försiktighetsmått. Det är fötterna själva som bär mej fram mot stupet.

Anstränger mej att minnas bättre än så, men det är svårt. Det handlar om aningar som lever sitt eget liv vid sidan av medvetandet. Det kanske handlar om "intuition", men den rapporterade så att säga aldrig särskilt utförligt till sin huvudman. Om jag kände något på mej så förstod jag det inte. Inte än, inte riktigt än.

Och kan alltså inte förklara bättre ens idag. "Känslomässigt utbränd" är mitt bästa försök, och det räcker ju inte långt.

Stannar vid slutet av slyskogen, fortfarande i skydd, och ser honom stå tretti eller fyrti meter längre bort vid avgrundens rand, med ryggen mot mej. De breda axlarna under den slitna jeansjackan. Bachman Turner

Overdrive-loggan i svart och nästan bortnött tusch. En antydan till Gällivare-häng och det lite stripiga blonda håret. Jag står några meter in i sälgen, oförmögen att vare sej gå längre eller på annat sätt påkalla uppmärksamhet. Ser att det är han, och vet ändå inte vem det är.

Några kajor som väsnas längre bort i skogen. Mulnaden som verkar växa till sej för varje sekund. Aningen av de enorma luftvidderna just bortanför den där helt frusna gestalten, och vinden som står alldeles stilla och tiger.

Vet inte hur länge vi behåller dessa positioner, det kan vara några sekunder eller en kvart. Fixerade i bara puls och väntan, frusna i varsin förvirrad längtan. Sen byter jag fot, och råkar knäcka en liten kvist med ett ljud som skriker ut i den relativa tystnaden, och Reine rycker till och vrider långsamt på huvudet.

Och han tittar rakt på mej, men med ögon så blanka och frånvarande att jag inte ens kommer mej för att nicka åt honom. Ser han mej överhuvudtaget? Utan att röra en enda ansiktsmuskel och fortfarande liksom i slow motion låter han huvudet svänga tillbaks, och jag backar plötsligt skräckslagen. Kliver bakåt utan att ta blicken ifrån den orörliga figuren där borta, och vänder mej om efter några meter och springer sen igen. Springer utför backen med slyet rappande över armarna och låren och ansiktet, springer förbi Reines moped utan att tänka på hur snabbt och lätt jag skulle kunna göra den obrukbar, rycker åt mej cykeln sen och trampar iväg och sätter mej inte ner förrän i backen nedanför Igelsjön. Skakande över tjälskotten genom serpentinerna, lyssnande genom det intensiva grusknastret och fälgklingandet efter det avlägsna motorljudet.

Morsan kommer ut och ställer sej i dörrposten vid köket medan jag snörar av mej skorna, undrar om jag haft det trevligt. Jag vänder upp ansiktet och stirrar på henne nån sekund medan jag försöker minnas vem hon är.

"Jo. Avisst." Säger jag när polletten ramnlat ner, och för att inte behöva säga nåt mer ler jag så avspänt och hjärtligt jag förmår, och går in på muggen sen.

"Ska dunte ha nåt å äta?" frågar hon sen från köket när jag går förbi och jag säger:

"Om en stunn kanske" och går in och sätter mej på stolen vid den franska balkongen i vardagsrummet, och hon låter mej vara ifred.

Vet inte hur länge jag sitter där men det är nog en stund. Stirrar ner på asfalten under fönstret och på fliken av Slättbergsväg till höger medan tankarna utan framgång rusar runt och försöker få fäste.

Fyller i konturerna på en gammal Don Martinfigur på telefonblocket tills det går hål i pappret, och försöker minnas vad den där killen på Lextorp hette som stötte stiletten i en annan kille bara för att han försvarade sin plats i kön till Nattgrillen på Hjortmossen.

Lägger plötsligt fingret i nummerskivan på Dialogen på fönsterbrädan och innan jag vet ordet av har jag slagit numret till Helena, men kommer till sans och lägger på igen efter två signaler och innan nån svarat.

Försöker kanske kompensera nånting på nåt vis genom att ganska omgående slå numret till Eva istället (jag har det märkligt nog i huvudet också), men det är Lelle som svarar och jag är inte beredd på det och lägger på efter ett par sekunders förvirrat flåsande.

Och sen kan jag inte sitta still längre men går ut i hallen och snörar på mej skorna igen. Och morsan tittar åter ut ifrån köket, med en Right hängande i mungipan som James Cagney eller Dean:

"Går du igen?"

"Kommer snart."

Slår en snabb och vid och lätt hetsig cirkel runt den nya vårdcentralen borta vid Tunhemsvägen och Ica Jätten och Posten och kommer villrådig ner till Slättbergsvägen igen. Blir stående ett par sekunder innan jag tar vänster, ner förbi Martins och vändplatsen och upp över Nossebrobanan och ängen, ut på den semesterdåsiga Industrigatan.

Utanför replokalen inser jag att jag inte egentligen haft en tanke på att knacka på, men går runt på baksidan bara och lutar mej med ryggen mot tegelväggen. Glider långsamt ner i sittande på den grusiga asfalten, alltmedan Martins trummor och Jonnys bas stöter upp genom betongen och murbruket, och något rensar både öronen och skallen.

Natten mot den första augusti - och mot den första av Fallens dagar - hade en kompis till Konny kört iväg de körkortslösa Puchtrimmarna och deras utrustning till Parkhallen i Borås. Och tillbaks igen förstås, frampå småtimmarna – Martin ringde för att rapportera just som jag äntligen lyckats slumra till efter ännu en i princip helt sömnlös natt.

"Skaragoingen va där vettu, men den fan gick efter några låtar..."

"Åffan..."

"Inte för han haft nåt för å stå kvar, men ändå."

"Snackante skit, Martin, ni hade ännu huggt som kobrer om han kommi å viftat me papper. Kontraktskåta horer som alla andra påstådda rockrebeller."

"Hoppas jag verklien dunte tror..."

"`The Puch Dakota Trimmers´, i samma stall som Paul Jet å kompani, helt i linje me namnbytet tycker jag!"

"Fan va du sårar mej Frank..."

I morgontidningen - fortfarande den första augusti - gick den så kallade spaningsledningen ut med ännu ett av sina många vädjanden till "den stora detektiven Allmänheten" om hjälp med tips och uppslag. Man erkände utan omsvep att man inte kommit nånstans, bortsett ifrån att man kunnat avskriva en handfull ändå aldrig särskilt heta spår. Man stod på noll helt enkelt, i samtliga tre fall, och det var bara att svälja det med kaffet och frukostflingorna.

Tog mej ut i solen och strosade ner till stan sen, fortfarande lätt bedövad av sömnbristen och den allmänna förvirringen, och stötte bokstavligen ihop med Helena i hörnet vid gamla Palladium. Det gav några på flera sätt svåra minuter.

"Hur e det?" börjar hon efter att vi återupprättat normal samtalsdistans efter krocken.

"Sådär. Hur e det själv?"

"Joda, det knullar." Tycker jag först att hon säger, men eftersom hon inte är känd för vare sej ordvitsar eller särskilt utvecklad sexuell frispråkighet så bestämmer jag mej ganska omgående för att jag hört fel. Fast visst rodnar hon lite bakom det breda men ändå uppenbart nervösa leendet, så kanske ändå.

"Jaha. Va det bra på kusten da?" Tröttaste sortens vädersnack, men jag tycker ju att jag har att skylla på.

"Åkej antar jag. Hade ju hellre vart hemma me dej."

Fan också. Hon har flyttat sej så nära nu igen att jag kan känna hennes andedräkt, med den vanliga ganska intressanta mixen av hallon-Bugg och John Silver i, och jag tar instinktivt ett steg bakåt.

"Aa", säger jag undvikande och tittar uppför Kungsgatan medan hon lutar sej mot tegelväggen och låter sin ena höft rita en ganska svårignorerad båge i de tajta svarta bomullsbyxorna.

"Vore kul om du ringde nån gång igen", säger hon med det frimodigaste av alla sina löpskt menande leenden, och idag har jag ärligt talat lite svårt att förstå hur jag faktiskt stod emot.

"Aa, kanske gör det", säger jag och backar iväg från henne, uppför trottoaren.

"Vi ses ju hursomhelst." Och jag vinkar till och vänder mej om och går, och hittar inte pulsen igen förrän nästan borta vid Torget.

Köper en ny Röda Lacket i Pressbyrån och sitter ett tag på en bänk i Marie Alberts park och låter nikotinet snurra runt i skallen. Vacklar hem med ett hål i bröstet av sorg och förvirring sen, och låser in mej på toaletten med de där blickarna och den där svarta bomullsbågen för min inre syn, och går och lägger mej och sover ett par timmar till slut.

Morsan är ju ändå inte hemma, och persiennerna fortfarande fällda.

På eftermiddagen mår jag ändå lite bättre, och morsan och jag käkar pannkakor innanför det öppna köksfönstret. Heta pustar av augusti slår in genom öppningen och får det emellanåt att fladdra till lite grand i kökshanddukarna.

"Att det skulle bli du å jag bara, huxflux", säger hon frånvarande och skjuter åt sej sockerskålen.

"Mm", säger jag och ger nästan direkt upp att försöka komma på nån fortsättning.

"Blir svårt å vänja sej", säger hon och ströar försiktigt, "Går lante egentlien."

"Nä, men på nåt vis..." Hon avslutar inte meningen men reser sej istället och går på toaletten. Jag rullar ihop en pannkaka och tuggar i mej mest på rutin, och lägger över en ny på tallriken just som hon är tillbaks.

"Hanses semester sulle börjat ida..."

"Morsan..."

Men hon säger inget mer, och inte jag heller, och vi bara äter långsamt och sammanbitet.

* * *

Fallens dagar var egentligen ett ganska blekt jippo, även med den tidens mått mätt. Mera god vilja än faktiska resultat, om man så säger. Halvtaskiga uppträdanden av dito artister, överdrivna egon eller nerverna utanpå. Artiga applåder som med jämna mellanrum avbröt det skäligen oengagerade sorlet nedanför de diminutiva estraderna. Tanter flockande runt lokala dragspelskungar eller trubadurer ur den nationella andra- eller tredjedivisionen. Lotterier och chokladhjul, Lions och loppis.

Det som var nåt att ha, då som nu, var förstås de dagliga vattenpåsläppen i Stampeströms varp. Det var faktiskt värt promenaden ner genom stan och ut på öarna; särskilt om kvällen när de jättelika strålkastarna längs stränderna spelade över de framdansande vatten-massorna kunde man med lite fantasi nästan föreställa sej hur det sett ut på den tiden älven verkligen vräkte sej fri och ledig nerför fallfåran. Martin och jag gjorde sällskap genom skymningen.

"Har allefall börja hända litte grejer nu", säger han och syftar förstås på de senaste bägge spelningarna, och möjligen på min recension också. Vi har tagit cykel-vägen längs 45:an ner till hörnet vid Håjums begrav-ningsplats och knatar just in i tunneln under riksvägen.

"Gäller bara å hålla i nu da, å gneta på", fortsätter han.

"Fast me lust feståss."

"Aa, jo. E ju änna musik det hannlar om."

"Kanske lätt å glömma iblann när det kommer in massa annat?"

"Inte egentlien – när Lungan räknar in å det drar igång e det fan bara rolitt å ingenting annat!"

"Härlitt!"

"Fast det e la klart att en groupie eller två sulle lante skada."

Det är ännu en felfri dag, rent vädermässigt. Ett par och tjugo grader och en bara precis lagom frisk fläkt som drar upp längs Gärdhemsvägen från stan och från kanalen och får det att vispa till lite i Martins tunna testar, och i tallkronorna runt Nils Ericsongymnasiets dovt gula tegelvinklar på andra sidan.

"Spelar faktiskt munspel nu pån låt, samtiditt som jag kliar skinnen."

"Svårslagen kombination."

"Har allefall allri hört talas om den förrut."

"Macken till vänster och Polhemsskolans domäner som breder ut sej åt höger. Skolgården ser ödslig ut, som skolgårdar plägar göra om sommaren. Längre fram växer det gamla vackra tegelröda vattentornet in i utsikten och dominerar den snart alldeles, tills vi plötsligt är förbi och sjunker ner mot Torget.

Det känns ändå att det är nånting utöver det vanliga på gång, om det inte bara är så att vi vet om det. Jag tycker iallafall att det är lite mer folk i rörelse – bussarna har just kommit in från stadens utkanter, från Sylte och Lextorp och Skoftebyn och Halvorstorp och Sandhem och Skogstorpa, och släpper en efter den andra av sina laster. Som kryllar iväg hit och dit, med en inte oäven rännil västerut ner mot Klaffbron.

"Fest i Dödens Stad", muttrar Martin lakoniskt, och biter sej förmodligen i tungan sen.

Augustiskymning. Solen som rodnar och slår undan blicken uppe över Strömslund. Ett avspänt strövande sorl och knaster av grus i Allén. En och annan mjukglassmumsare på bänkarna längs Kungsgatan och i Karl Johans park. Jag tänker på Martins kommentar, och på hur fort folk glömmer eller tränger undan och rullar vidare i de gamla spåren. Sen tänker jag på Reine och den där rostmönjan på styret. Och undrar on jag håller på att bli tokig, och om det i så fall är ett under omständigheterna normalt och övergående tillstånd eller om jag kanske borde söka för det. Men jag är så trött på all svart malande osorterad tankegröt kring farsan och morsan och Eva och Helena att jeg egentligen inte orkar med att dessutom oroa mej för egen del...

"Minns inte när jag såg ett påsläpp sist", säger Martin och verkar tänke efter. Själv var jag nere med morsan och farsan på Nyårsafton, men säger ingenting.

Strömmen av flanörer tjocknar neråt Klaff- och Malgöbroarna, trots att det finns ett par separata vägar att välja på. Majoriteten väljer ju på majoriteters vis att stångas och stöka tillsammans - människan är ju ett nästan patologiskt socialt djur - och till slut är det faktiskt så mycket folk att det enklaste är att anpassa sin egen fart efter massans.

Ovanför Kungsgrottan står som överenskommet Jonny och Lungan, och eftersom det fortfarande är ganska tidigt blir vi kvar där en stund och ser stadens invånare och antagligen en god del turister passera revy ut på bron där de flesta stannar upp och intar sina platser vid norra räcket, om de inte väljer att fortsätta över till andra sidan för att klättra ner ett stycke och på så vis komma närmare forsen.

"Får vi se om det spolas iväg nån toki tysk eller japan i år da", säger Jonny och sträcker fram ett skrynkligt paket Hobson som jag efter lite arbete lyckas pilla ut en plattsutten cigarett ur.

"Brukar ju änna va antingen eller", flinar Lungan.

"Att dom allri lär sej da", fortsätter Martin.

"Dom får la bra bilder me sej nerför falle allefall", säger jag och skruvar upp lågan på Jonnys Bic.

"Dom som spolas bort lär sej nog men har junte så stor nytta avet", muttrar Jonny.

"Ska vi osså ta plats eller, innan det blir helt snoritt." Det är Lungan som inte gärna vill missa showen och vi sätter oss i rörelse, kryssande genom sorlet ut mot mitten av bron.

Tillräckligt stor stad iallafall för att man inte ska känna igen särskilt många nyllen, man känner igen minerna bara, särskilt hos de jämnåriga. Uppsynerna, de småstöddigt halvfällda ögonlocken, och ögonen själva därbakom som rör sej hit och dit utan att koppla in nackmusklerna. Att stå och vrida nyfiket på huvudet vore ju inte särskilt coolt.

De flesta är dock lite äldre, om det inte är hela barnfamiljer från campingen i Hjulkvarnelund eller från båtarna i gästhamnen.

"Martin!" Hon tjoar till bakifrån och Martin och jag vänder oss om samtidigt men det tar väl ytterligare nån sekund innan hon erkänner att hon sett mej:

"Å Frank osså feståss. Men va gör ni här, ente ni för tuffa för sånthär?"

Det är fortfarande Martin hon tilltalar, vilket känns rejält udda för att inte säga pinsamt, men både han och jag låter henne hållas.

"Iblann rör vi oss faktiskt på stadens gator preciss som vanlia män", säger han och hon skrattar lite tillgjort och sorgligt och vaggar ett par centimeter närmare.

Både han och jag inser förstås vad det handlar om, men vet väl inte riktigt vad vi ska göra med det. För min del hoppas jag generad bara att hon inte tänker ta i för mycket.

"Du får höra av dej nästa gång det händer, så man kan hänga på."

"Visst." Martin försöker vända sej bort för att liksom lämna över henne åt mej, och för min del gör jag väl ett försök att fånga och hålla hennes blick för att på så vis liksom ta udden och den vassa eggen ur hela situationen. Men hon är alldeles för förvirrad, och för störd av sin misslyckade attack, och banar sej plötsligt väg bort genom de tätnande leden och är försvunnen lika snabbt som hon såattsäga materialiserades.

"Puh", säger Martin, men jag vill helst inte säga nånting och gör det inte heller.

"Hon måste va bra knäckt för å försöka en sån grej."

"Eller nåt."

Vi tränger oss fram till Jonny och Lungan som redan tagit plats vid räcket hyfsat nära mitten av bron. Jag koncentrerar mej på utsikten, lika mycket för dess egen skull som för att tränga undan Helena och liksom lägga tid och nya bilder ovanpå den just utståndna pinsamheten. Tänker att jag förstås borde pratat mera öppet med henne redan från början, men också att smärtan och förvirringen gav mej ganska hyggliga ursäkter för att låta bli. Kanske fanns där också nån undermedveten tanke om att det värdigaste för alla parter var att bara låta det hela rinna ut i sanden utan en massa ord och åthävor, och nu är det väl hursomhelst försent.

Får faktiskt in båda armbågarna mellan Martin och en Lacostetröjad kille i fyrtiåren, och ser hur det börjar sippra lite grand borta under falluckorna. Ett par trehundra blickar riktas i ett slag norrut över avgrunden mot fördämningen, och sorlet mattas av som på kommando. Det klingar till ifrån strålkastarna på banken nedanför kraftverket, och de feta ljuspelarna skjuter ut över fallfåran där de första rännilarna slingrar fram mellan stenblocken samtidigt som det börjar fylla på rejält bakifrån. Timingen är perfekt, eftersom det sista av solen just försvunnit ner mot Båberg och Uddevalla.

En allt friskare fors därnere, allt stridare strömmar. Det vitslagna vattnet som studsar fram och sluter in den ena bumlingen efter den andra, fyller ut håligheterna och rännorna, rör sej obevekligt ner mot bron där vi står. Snart är hela Toppön, dvs själva "trollhättan" helt omsluten av den skummande brusande älven och en del av de mer våghalsiga åskådarna på Strömslundsidan får plötsligt kalla fötter och drar sej uppför sluttningen igen.

Även högt uppe ifrån bron där vi står är det ett skapligt mäktigt skådespel, och mäktigare blir det allteftersom vattnet vräker ut genom de vidöppna luckorna. Det är iochförsej bara den tämjda älven som får leka av sej lite, men med fantasi och inlevelseförmåga är det inte svårt att se hur det måste tagit sej ut innan Strömkarlsbron där borta och den långa fördämningen snöpte av den naturliga fallvägen till förmån för den stillsamt framflytande trafikleden och avtappningen genom kraftverksturbinerna. Det är faktiskt inte utan att jag faller i något av trans där i det rykande forsande crescendot.

Tills en del panikslagna rop och skrik lite längre ut på bron får mej att titta dit just som Reine, blek och striphårig med smutsig jeansjacka och fransiga byxben beslutsamt häver sej upp på räcket och omedelbart dyker med huvudet före rakt ut i evigheten.

Ännu en av dessa bilder som aldrig kan försvinna. Den där tveklösa knycken med höger knä för att skjuta fart ut i tomrummet innan nån hinner få för sej att greppa tag i honom och hålla honom tillbaks. Innan nån har en rimlig chans att begripa det obegripliga.

En sån oanständig lätthet i språnget, och i minnet hänger han kvar snett ut i luften medan vinden griper tag i håret och armarna flaxar till lite grand i en sista reflex att skydda sej fast hela fallet ännu återstår.

Den granskogsklädda branten i bekgrunden och de rykande virvlarna under honom. Den plötsliga unisona tystnaden uppe på bron.

Och sen: en enda långsam volt på vägen ner, varopå han fortfarande utan ett ljud försvinner i det frammullrande skummet och är borta, är över.

Reine, det sista jag såg av honom.

VI

"Utplånare livtjuv rånare av anda borttagare av andra
Borta finns inte kvar syns inte till hör inte av sej mer
Vet jag är sjuk sjukare än så är jag faktiskt inte"

Tiden som kapslar in och gömmer undan, som per definition alltid går vidare men som ändå aldrig helt förmår glömma. Man bär det med sej alltihop, på gott och ont.

Tänker på farsan, och hur den goda viljan alltid låg där och glimmade i ögonen på honom fast han hade så svårt att hitta orden – hur skulle man inte kunna förlåta honom? Tänker på morsan som kämpade på i ytterligare ett antal decennier, och på den frusna sorgen i hennes ansikte som dock till slut började mjukna och spricka upp i takt med att hon själv tacklade av. Tänker på Martin borta i Solna, blek och avmagrad och gråhårig redan efter all strålbehandling, men med precis samma varmt nervösa hånflin mellan hostattackerna. Tänker på vad Siri sa när vi sågs i korridoren senast: "Vad långt livet är, och hur fort det ändå går".

På ett kort som farsan tog på lågstadiets skolgård samma dag som jag började skolan - det var inte ens sjuttital än! - står jag och plirar spänt och förväntansfullt in i kameran (förmodligen har jag förmiddagssolen i ansiktet också) men fast jag väl minns känslorna den där dagen så är det inte mej själv jag bäst känner igen, men killen på min högra flank.

Reine förstås, vi hade utan särskilt många ord hittat varandra redan före första uppropet, och fast vi egentligen inte utvecklade vänskapen särskilt mycket mer sen - pratade ganska sparsamt och umgicks överhuvudtaget inte utanför skolan - så är det som att de där stillsamt skärskådande knappt skönjbart leende gråblå ögonen får tiden att avslöjad och generad skygga undan. Nästan fyrti år senare väcker de ännu impulsen att nicka bekräftande, som om vi delade nån slags hemlighet.

Är väl flummig nu förstås, men när jag ser det där kortet upptryckt med häftmassa i ena hörnet av bildskärmen så är det som att allting börjar om igen, eller som att tiden helt enkelt krymper ihop och blir hanterlig och nästan begriplig. Jag är sju år, bland alla andra åldrar jag har, och jag känner hemligheten omkring mej och nöjer mej med det. Behöver varken avslöja eller formulera den.

Låter det bara rycka till lite grand i ena mungipan som för att markera att jag är med, och ser hur han liksom suckar fast leende innan han långsamt vänder sej bort igen, mot de övergivna grusplanerna intill högstadiets slöjd- och gymnastiksalar.

* * *

Uppe på bron utlöste hoppet vad som kanske kan beskrivas som kontrollerad panik, eller om det var en blandning av morbid upphetsning och frustration, när nästan hela skocken raskt sprang över till södra räcket i fåfäng förhoppning om nån slags fortsättning på dramat. Själv stod jag dock stum och frusen, plötsligt klar till slut över vad som måste ha hänt men liksom ihopskuren och oförmögen att ta det till mej.

"Det va ju han! Reine vettu – såg du? Helvete, han hoppa, va e det frågan om..." Martins skärrade staccato-babbel som en slags absurd dämpad bakgrundsmusik. På hela vägen hem, när vi till slut kom iväg, tror jag inte att jag förmådde svara med mer än harklingar och hummanden, men han hade ju Lungan och Jonny att tillgå också:

"Vaffan gjorde han sådär för!"

"Ännan halv mollbergare va?"

"Kunne man lante ana det sulle bli sån show..."

"Lägg av da, Frank kände ju han..."

"E det sant?"

"Eller kände å kände..."

Det slog för övrigt varken Martin eller mej att vi kanske borde höra av oss till polisen för en första identifiering av hopparen, det var istället Sonja och Siri som fick snäppa ut Martin ur den halvhysteriska förvirringen och han ringde en stund efter att vi kommit hem till respektive tjäll på Slättbergsvägen, varpå polisen ringde till mej:

"Så du e helt säker?"

"Aa, vi gick i samma klass. Även fast det e länge sen..."

"Men du har träffat han senare?"

"Aa, vi har setts ett par gånger i sommar."

"Hmm. Vi kommer förmodlien höra av oss unner förmiddan imorrn om du ser te å hålla dej hemma..."

"Åkej."

Den märkvärdigt oskadade men givetvis helt livlösa kroppen flöt in bland några stenblock nedanför Kärleksstigen just där 1844 års slussled mynnar ut i Göta älv, och hittades redan samma kväll av ett par flanerande handhållare medan polis och räddningstjänst fortfarande sökte längre uppströms. Innan jag ens gått och lagt mej hade Reine således tagits om hand och körts upp till stan, och familjen underrättats.

Själv minns jag inte mycket av den natten, mer än att jag knappast sov. Låg i soffan i persienndunklet och kallsvettades och ältade bilderna bara: det stillsamma leendet som om och om igen bröts sönder i värkande grin, och de ljusa ögonen som blodsprängdes, blicken som tappade fokus och försvann in i sej själv.

Frampå morgonen ringde samme kriminalinspektör (eller vad titeln nu kan ha varit) som på kvällen och bad mej komma ner och prata lite och efter att ha tvingat i mej en banan och ett hårdkokt ägg tog jag farsans cykel ner till polishuset på Hjortmossen.

En fet och tunnhårig och liksom nallebjörnaktig karl kom ner och hämtade mej i receptionen, varpå vi gick upp en våning till en liten pärmbelamrad skrubb.

"Kan du berätta vad du såg." Det var förstås ingen fråga och han satt redan beredd med en av Statsverkets blå kulspetsar tryckt mot blocket."

"Aa, det va lante så mycke egentlien. Hörde hur nåra tjoa te en bit bort liksom, å när jag titta dit va han redan uppe me knät på räcket, å sen foten å så flög han iväg."

"Det va ganska mycke folk just där har jag förstått?"

"Det va la där det va trängst. Mitt på."

"Han sulle allså kunna blitt knuffad, antingen oavsiktligt eller me flit?"

"Det tror jante."

"Men det e möjlitt?"

"Nä... Han tog sej allt upp själv."

"Du anser allså att det va hans mening å hoppa?"

"Såg änna så ut allefall."

"Annars kan man ju tänka sej att han tänkt balansera litte bara, för å få uppmärksamhet."

"Nä... Han sköt änna som ifrånn, me en gång."

"Hur nära stod du?"

"Fyra fem meter kanske."

"Åkej..." Han skrev ikapp en stund och lutade sej bakåt på stolen som gnisslade till. Det var mer än lovligt varmt i rummet, trots att fönstret står på glänt in mot gården, och jag kände hur svetten rann under skjortan och såg hur mannen på andra sidan skrivbordet blinkade när en droppe sökte sej från pannan ner i ögat.

"Då va det bara det här me motive da", rabblade han. "Det är visserlien minnre angeläget för oss poliser å reda ut i ett sånt här fall där gärningsman å offer såattsäga e samma person, men det e ändånte utan betydelse. Har du nån aning?"

Aningar, hade jag nånsin haft nåt annat. Tänkte att Reine var en enda aning hela han, och att han egentligen aldrig blev mer än så.

"Nä."

"Han pratante med dej om problem hemma eller nån annanstans?"

"Nä."

"Va prata ni om da? Hur verka han sist ni träffades - å när va det förresten?"

När var det? På Hunneberg? Inte egentligen... På parken? Ja, eller nej, eller ja men fan visste om det angick den här snubben, eller nån annan. Var inte klar över vad jag menade, eller ens om jag egentligen menade nånting, men att jag snart behövde vara ifred för frågor. Behövde vara ifred med Reine, och med hela den där sommaren som varit, om inte jag också skulle gå sönder. Plötsligt hade jag utan nån särskilt utvecklad tanke, och alldeles utan medveten anledning, bestämt mej för att jag pratat färdigt.

"Minns inte riktitt. Kan ha vart i Allén nån dag för ett par vecker sen men vi snacka liksom allri om nåt särskilt. Vädre, du vet."

"Så ni umgicks inte egentligen, men stötte på varann?"

"Preciss."

Han betraktade mej liksom halvkisande av tvivel under ett par sekunder, men gav sej sen. Eller om han helt enkelt trodde mej:

"Kejda. Ta me dej det här korte om du sulle komma på nåt som eventuellt hjälper te å förklara det hela – nåt han sagt eller gjort eller berättat. Iblann tar det ett tag innan polettera ramlar ner."

"Jo, det gör ju det."

"Jag har skrevi direktnumre på baksidan."

* * *

Tillsammans med Martins och ett antal andra vittnesmål från bron så räckte det iallafall för att man skulle kunna avskriva alla teorier om ytterligare ett offer för den ryslige gäckande Kanalmördaren, och för den delen alla andra teorier om att Reine fått hjälp ut över kanten. Varpå stan andades ut en aning – självmord kan visserligen vara minst lika tragiska som mord och dråp, men är trots allt mindre att göra åt och för övrigt inte särskilt ovanliga ens i en stad av

Trollhättans begränsade storlek. Framförallt innebär de inga direkta hot mot omgivningen.

Bortskämda med sönderhackade tyskar och stenade hemmafruar brydde sej inte stadens omklädnings- och kafferumsbabblare om att dryfta Reines fall särskilt länge heller, det var ju i jämförelse skäligen spännings-löst. Ordinärt och ganska fantasilöst faktiskt, även om han föralldel kunde få nån pluspoäng för valet av tid och plats. Jo, jag var inte mer avtrubbad än att jag upp-fattade hur snacket gick, så länge det nu alltså gick.

En och annan kanske på tu eller tre man hand förde fram teorin att det var Kanalmördaren som gjort sej själv till tredje (eller fjärde om man räknade Eva) och sista offer, och man får väl anta att även polisen lade ner nåt arbete på den hypotesen, men det fanns ju egentligen ingenting att gå på vare sej det gällde teknisk bevisning eller indicier, och då envisas man ju inte med att misstänkliggöra en avliden. Reine var borta ur det kollektiva medvetandet en vecka efter att han lämnat sinnevärlden.

Det var väl bara vi som känt eller åtminstone i nån mån trott oss känna honom som hängde kvar i tankarna och inte ville släppa, och för min egen del skulle jag redan på tisdagen - alltså tre dagar senare - med försenad post få material för ytterligare några decennier av återkommande grubbel.

"Kommer inte på nån annanstans att skicka detta, gör vad du vill med det", var allt han skrev i följe-brevet. Och jag gjorde alltså ingenting, om det nu var av felriktad respekt och omtänksamhet eller helt enkelt av tveksamhet eller förvirring och mer eller mindre kroniska problem med kopplingarna, mer än att skicka en kopia till Reines föräldrar. Och sen gick nästan tretti år. Och sen byggde jag den här texten kring utdrag ur Reines dagbok.

Om dagbok nu är den korrekta termen för det märkliga odaterade sammelsurium av halva tankar och avbrutna minnen, av ibland nästan serena betraktelser och vad som kunde vara utkast till poesi om inte rentav kärleksdikter varvade med plötsliga explosioner av hat och frustration och självförakt som gömde sej i den bristfälligt frankerade vadderade påsen.

Ett tummat skrynkligt kollegieblock. Ett femtital halvklottrade A4-ark. Lusten och tröttheten, hoppet och uppgivenheten. All den ändå ganska svårtolkade uppriktigheten.

Det som blev kvar, allt vad som lever vidare.

VII

"Kraset i örat när fötterna lämnade marken och han
bar mej i örat hela vägen ut i tvättstugan hon stod vid
köksbänken hackade lök kisade när vi passerade
Vet inte vad det betyder om det betyder om det alls
men är det första jag minns
Det första jag minns att jag minns

– – –

Blod och mjölk och hår och skorpsmulor
Trasig leksaksambulans brännsår på knäna från
heltäckningsmattan på vaden från cigaretten och
tickandet bakom örat efter den där första knytnäven
Den brandgula lampan på värmepannan ett varmt snällt
öga i mörker
Det lossade lilla rödljuset från ambulansen som
stelnad droppe blod mellan fingrarna i panndunklet
Värmepannan ja väsandet och suckandet jag kan
fortfarande gå ner och sätta mej intill i mörkret
frivilligt det anar de inte
Det är bra för mej precis som de sa

– – –

När man lutar huvudet bakåt rinner blodet ner i halsen
redan lite svalt och faktiskt ganska gott
När man petar på tänderna med tungan spänner och
vickar de så man måste grina och det hoppar skönt i
bröstet när allt går ur
Så mycket de inte vet

- - -

Man får vad man förtjänar vet det måste va så man har
aldrig nån att skylla på allt händer för att det måste
hända
DET VAR KANSKE BARA DET JAG SKULLE LÄRA
MEJ OCH JAG HAR LÄRT MEJ DET NU!!!
De såg till det blev som det skulle

- - -

Skruva ur lampan sa brorsan farsan nickade
uppskattande sträckte sej på tå med skjortärmen runt
handen för inte bränna sej
Timmar dagar?
Potta i mörkret halv torr limpa vattnet i kranen över
sköljen
Värmepannan gula ögat tickandet väsandet

- - -

Eller ännu tidigare om det är ett minne eller ett foto
alla gamla foton:
Hennes hand i min hur kändes det första dan i
lekskolan hennes rygg nerför backen längre och längre
bort runt hörnet
Runt hörnet till slut och borta
Igen borta igen
Bytt bytt kommer aldrig igen bort bort kommer aldrig
tillbaka sen

- - -

Mörkret av läder lukten av smutstvätt Ajax damm
tvättmedel det tickar och väser i värmepannan lutad
fram över bänken shortsen runt fötterna
Han där bakom allt jag förtjänar allt som måste
Lär mej att flyga det var det som skulle hända!

238

- - -

Uppvisning på Stallbacka segelflygklubbens smäckra
albatross bredvid en kamouflagemålad
transporthelikopter från Såtenäsflottiljen
En Viggen som tippar över på sidan bara tjugo meter
över marken vrålet och borta!
Vrålet
Och väck

- - -

Äcklerierna leverfläck med hårstrån i hur mycket
kostar det att ta bort dem??
Alla tungor som rör sej i alla otvättade munhålor
petar på tänderna spottar ut sina idiotier orden
smetar kletar kladdar ner allt
Hundmänniskor såna som tränger sej och lämnar
högar av avföring efter sej
RÄCKER INTE MED ATT FÖDAS VET NI MAN
MÅSTE FÖRTJÄNA SIN PLATS OCKSÅ!!

- - -

Vad jag gjort men ändå alltid
Ändå alltid faller med nån slags hastighet mot jorden
allihop faller från början och är snart nere
Nere på Jorden nere i jorden och spelar ingen roll inga
roller alls
Vi är ju nästan bara vatten ändå
Moln och dimma våg kaskad
Svett flod hav"

Ännu en sommar går in på sista varvet, och klockan ringer. När jag springer den vanliga rundan om morgonen - före frukost för att förhoppningsvis göra nånting även åt den i sej själv galopperande rondören - ser jag hur det faktiskt redan fallit ner en del gulnade björkblad över den spruckna trottoaren utanför Skogskyrkogården, och i motvinden längs Nynäshamnsvägen drar jag tillochmed upp träningsoverallsjackan i halsen.

Tiden väntar inte men kutar ständigt i förväg, vinkar försmädligt när den smiter runt hörnet.

Eva står i duschen när jag kommer hem och jag sätter mej i kökssoffan och eftersvettas, och ser ut över gården där en röd plastspade lyser som en giftsvamp mitt i den lilla hårt packade sandlådan. Tänker att våra barn, om vi kunnat få några, skulle ha lekt där – och det känns ändå ganska trösterikt då för det är verkligen ingen rolig lekplats...

Och jag tänker återigen på Reine, som man gärna gör när man tillbringat ett antal månader med att skriva om nån utan att få särskilt mycket bättre grepp. Tänker till att börja med att han varit död mer än dubbelt så länge som han levde, och famlar vidare i skallen sen efter nån mindre platt fundering i ämnet. Försöker minnas vad det stod om hans själstillstånd i de gamla mikrofilmade lokaltidningarna hos Pressarkivet på Hagagatan när jag var där och rotade häromveckan. "Självmordet ett mysterium för familjen." "Vänner och klasskamrater: `Vi anade ingenting´."

Och det är väl inga ovanliga kommentarer när nån tagit sej själv av daga. Seriösa självmördare beklagar sej ju tyvärr sällan i förväg, logiskt nog, och de i omgivningen som ändå anat brukar inte vara så benägna att i efterhand erkänna det, ens för sej själva.

Kontrasterna, tänker på vilka olika världar som snuddar vid eller gnuggar mot varandra mest varje dag, vid varje möte människor emellan.

Tänker att tonårshelvetet, det kommer verkligen i en del olika varianter.

När jag hör att hårtorken drar igång i hallen reser jag mej och går ut och slänger de svettiga paltorna i korgen i badrummet, och drar igång det redan uppvärmda vattnet i duschen igen.

"Hur dags sulle dom komma?"

"Beror la litte på trafiken, men knappast efter sex allefall."

"Kan nästan sitta på gårn eller? Verkar som solen bestämt sej nu, inte ett moln."

"Mm. Fast e dente litte i jobbiaste lage å släpa alltihop uppför å nerför trappera? Så får man ju kuta upp å ner å pissa sen osså."

"Sant."

"Sticker du te bolage da mens jag grejjar me lamme..."

"Åkej, ska bara avsluta artikeln te SIF-tidningen."

"Å glöm ente nöttera te saffranspannkakan!"

Helena är sej lik, men det är ju också bara ett knappt år sen vi sågs senast, på Sigges - yngste sonens - konfirmation i Götalundens kyrka i Trollhättan. Hon kommer upp i förväg eftersom Lennart måst ta ett extravarv runt Gamla Enskede i jakt på parkering, och ställer en burk Nisses senap från Öxnered på köksbänken. Det gör hon alltid, hon är vår privata leverantör.

"Var har ni gjort av ungara över helgen nu da?" frågar Eva ifrån vardagsrummet.

"Dom klarar sej själva. Sigge e änna som en litta farbror på sjutton år som du vet å Musse e ju åtminstone på pappre myndi..."

"Det e han tammefan", säger jag och begrundar detta.

"Ällre än vi va när det begav sej", säger Helena och ler.

Vi håller oss i köket sen, för att det är ljusast och bekvämast. Lennart som varit i Hiroshima i två månader i tjänsten berättar en del ifrån Japan där ingen annan av oss varit, och sen är vinet redan slut och jag ställer fram konjak med kaffet och saffranspannkakan, och hämtar en kopia av råmanuset och ger det till Helena som bläddrar en stund utan kommentarer.

"Du fick heta Helena", säger jag, "i den mån man nu kan säga att det e du. E det åkej eller?"

"Litte småtantitt kanske", säger hon utan att lyfta blicken, "men visst, det får la gå an."

"Vaddå, e det en roman allså?" undrar Lennart.

"Finns la bara romaner egentlien", säger jag och slattar runt lite konjak till, "språket dugernte te annat."

"Va menar du", säger han, "det finns la hur mycke memoarer å biografier å rena dokumentärskildringar som helst..."

"Det e va deras författare tror å påstår."

Sen pratar vi förstås en del om Trollhättan och om sjuttitalet igen, platsen och tiden som ingen av oss helt verkar kunna lämna, trots envetna försök och diverse strategier. Lennart minns förstås också sommaren med "Kanalmördaren".

"Borde dunte överlämna det här matriale te snuten istället, eller också...? Även fast det e preskriberat å han iförschej e dö?"

"Förmodlien."

"Dom sulle la antalien åtala Frank", skrattar Eva bistert, "för unnanhållande av bevismatrial i tretti år. Fast egentlien å framförallt bevisar det ju inge."

"Va lante det som va meningen heller", säger jag.

"Tycker det låter som teräcklitt me indicier allefall", säger Lennart.

"För å vaddå?" säger Helena.

"Aa, vet inte. För å stänga utredningarna liksom, eller va det heter. Offrens familjer kanske sulle må bättre av det, å hele stan för den delen."

"Det e ett gäng decennier sen, Lenny..."

"Aa, jo. Men ändå..."

Och jag har förstås tänkt på det jag också, har av och till tänkt på det rakt igenom hela åtti- och nitttitalen och en bra bit in i det nya tusentalet – men då var det väl den tid som bilden behövde för att klarna, i den mån den nu gjort det. Var tvungen att begripa och efter bästa förmåga förklara själv först, varför det till slut fick bli en slags roman istället, bisarr och cynisk som det kan verka.

"Sen e la frågan vicka offren egentlien va", säger Eva. "Eller åtminstone hur många."

Och Lennart ger henne en förbryllad blick, innan han verkar slås av nånting. Och han nickar stillsamt och tiger, och höjer glaset och smuttar.

Efter att Helena och Lennart gått och lagt sej på luftmadrasserna i arbetsrummet sitter jag länge på pallen på balkongen och gör slut på festcigaretterna. Ser hur det lyser och hör hur det brusar borta runt Globen, och hur det stimmar från en del öppna fönster och balkongdörrar runt gården. Kräftskivetider gubevars.

Vinet och konjaken som väser och susar i pannloben, och alla de gamla bilder jag rotat fram under det halvårslånga arbetet men förhoppningsvis kan lägga undan för gott nu.

Känner plötsligt hur jag ser fram emot hösten, och mot nya projekt. Det har varit ännu en lång sommar.

Går in och plockar utan att skramla för mycket över glasen och tallrikarna från köksbordet till diskbänken, men orkar inte mer sen. Borstar tänderna bara, på toaletten, och blaskar av ansiktet.

I sovrummet ligger Eva och slötittar på nån bisarr puder- och perukhistoria på Hallmarkkanalen som vanligt, och jag lägger mej på min sida och försöker känna av hur seriöst intresserad hon egentligen är av den. Och hon tar väl till sej vibbarna:

"Har svårt för kostymrullar", muttrar hon och sträcker sej efter fjärrkontrollen och trycker av. Det flimrar till i skärmen när filmen drar ihop sej till en liten vass punkt, som i sin tur slocknar med en stilla suck. I det plötsliga mörkret känner jag hur hon lyfter upp täcket och makar sej närmare, rullar över, trycker sej mot mej naken.

"Bara maskerader liksom", viskar hon i örat på mej.

"Jag vet", harklar jag, "man anar hela tiden scriptera å regiassistentera som tassar runt i periferin."

"Charader på Rolia Timmen", kvider hon och tar tag.

"Utom `Farliga förbindelser´ feståss."

"E la bara för du allri kommi över Uma efter den där första filmen när hon va kroppsmålad."

"Å `Mannen som sköt Liberty Valance´…"

"Mm-hm."

"Orginal-`Star Wars´ måste la osså nämnas kanske."

"Frank."

"Aa."

"Käften nu."

Och föralldel, jag vet vem som bestämmer. Tiger, och ägnar mej åt nuet.

ANDRA TITLAR AV NIKLAS AURGRUNN:

Till en annan galax (roman) 1975

Förvirringen (roman) 1981

Brända skepp (roman) 1983

Balladen om Utan Vidare och Inte Sant (roman) 1984

Hommager (dikter) 1985

Gud är Nalle Puh (dikter) 1985

Årets bestseller (dikter) 1986

Den där gamla ensamma natten (noveller) 1987

Den notoriske ingenjör Eiffel (dikter) 1987

Det är jag som bestämmer (dikter) 1988

Gå på vattnet, simma på land (roman) 1988

Ungefär allt jag vet – dagbok från Nepal 1989

Kärlekshistorier (dikter) 1991

Känslan av att vara Korak (dikter) 1991

Döda rummet (noveller) 1992

Samlaren (dikter) 1993

Filurien (ill. barnbok) 1994

Stockholm (dikter) 1994

Lögner & tvetydigheter (dikter) 1995

Trasig dikt i ryggsäcken – dagbok från Möllevången 1995

Snaefell – dagbok från Island 1996

Sorgenfri (dikter) 1996

Silverstetoskopet (drama) 1997

Eulalia Stjärnvind (ill. barnbok) 1998

Underland – gravid dagbok 2000

Plötsligt – till ett för tidigt fött barn medan hon sov ikapp (dikter) 2001

Kackerlacka (roman) 2001

Ögonblick av skräckslagen nåd (dikter) 2005

Bananflugan Biggels (ill. barnbok) 2006

Berit och marsianen (ill. barnbok) 2007

Tanten under sängen (ill. barnbok) 2007

Mörkret i utkanten av stan (roman) 2008

Hem till burken (ill. barnbok) 2009

Lingonpuff och Grodmannen (ill. barnbok) 2009

Date med Björk (dikter) 2012

Kameleont – blå blogg 2007 - 2012

Ett stycke genom rymden (dikter) 2012

Gäst hos overkligheten – reseskildring från Trollhättan 2016

Du tysta (roman) 2020

Inte ska jag stå vid din grav (roman) 2020